Mon garçon

Du même auteur

Un coup à prendre, Au diable vauvert, 2011.
Ce parfait ciel bleu, Au diable vauvert, 2012.
Que ton règne vienne, JC Lattès, 2014.
Charles Draper, JC Lattès, 2016.
Les Hautes Lumières, JC Lattès, 2017.
La Vie sans toi, JC Lattès, 2019.
Le petit chat est mort, Flammarion, 2020.

Xavier de Moulins

Mon garçon

roman

Flammarion

ISBN : 978-2-0802-3338-7

À Anaïs.
Pour mes filles.

« L'homme est un adolescent diminué. »

Michel Houellebecq

Première partie

Marcus

1

Je n'ai pas vu passer le message de ta mère.

Mon téléphone était dans un casier lorsqu'elle l'a envoyé et moi appliqué à suivre les recommandations du maître-nageur.

Je ne sais pas nager.

Bien sûr, j'ai quelques bases, d'accord, je fais illusion, mais je me débrouille si mal, en tout cas pas suffisamment bien pour être certain de survivre en cas de pépin, de sauver une femme ou un homme en détresse, de vaincre le courant.

On ne négocie pas avec l'océan. Oui, j'ai peur de l'eau. Je ne suis pas serein quand la terre s'éloigne.

Je me soigne. J'ai décidé d'en finir avec cette faille, et je me suis juré de nager avant la fin de l'année. L'eau est mon talon d'Achille, cette faiblesse, mon secret.

Alors que j'ai rarement tenu mes résolutions, je m'applique avec assiduité. Depuis presque deux mois, je me rends à cette piscine deux fois par semaine et je m'offre une leçon en bonnet de bain.

Le ridicule ne tue pas et tant pis si j'ai l'air d'une mouche sur le feu d'une ampoule avec ce morceau de caoutchouc sur la tête et ces lunettes qui m'écrasent les yeux.

Lui a l'air de sourire tout le temps. Il a passé la trentaine mais pas les sélections pour les Jeux Olympiques. En a-t-il seulement rêvé un jour ? Je ne crois pas. Je ne l'ai jamais entendu se vanter d'aucun palmarès. La compétition ne l'intéresse pas, seule compte pour lui la transmission. Sur son torse large, je vois pendre d'autres médailles. Celle de la bienveillance est d'or. Une fois dans l'eau, tous ses élèves s'appellent « champion », je n'ai pas fait longtemps exception à la règle. Apprendre avec lui, c'est monter sur un autre podium. Eden est un excellent professeur.

Même mon médecin m'a encouragé.

— La piscine, c'est bon pour tout ce que vous avez, surtout pour votre dos.

Marcus

Parfois, l'amour vous casse en deux ; un jour, le mien m'a mis en mille morceaux. Depuis, je nage pour réparer les dégâts.

Nager, c'est reconstruire le puzzle. Le chlore rééduque, les longueurs ressoudent, c'est parfait.

Dans ce bassin, je me concentre, décompose chaque mouvement, soigne ma respiration. C'est une formidable opportunité de se rappeler la joie d'avoir un corps qui fonctionne. Deux bras, deux jambes. Ce dû auquel on ne pense jamais dans la vraie vie. Ridicule ? Pas vraiment. Ce don du ciel, je le savoure enfin.

Aujourd'hui, je survis le long de la ligne aux flotteurs rouges ; demain, je serai bien vivant ; après-demain sera ma résurrection.

Un jour, j'irai voir la mer pour fêter la fin de ma rééducation, et je me laisserai caresser par les vagues, je plongerai dessous, dompterai enfin mon appréhension.

On met une vie à réaliser, s'apprivoiser prend du temps.

Dans cette piscine chauffée, des images désordonnées s'invitent pendant la séance. Certaines sont délicieuses, d'autres moins. Je ne les choisis pas.

Le passé est un banc de requins.

La dernière fois, dans un crawl, je me suis croisé à l'âge de huit ans. Le soleil m'embrassait dans le cou. J'étais dans les bras d'une Sylvie. Sylvie et ses boucles brunes. Le souvenir s'est précisé, et ma mémoire a zoomé. Elle marchait seins nus, les deux mains sur les hanches en levant les genoux dans la mer de Carnac. J'ai couru jusqu'à elle, elle m'a renversé sur le ventre. J'ai senti sa main assurée me tenir, sa douceur chantait. C'est elle qui, enfant, m'a appris les rudiments de la natation.

Je ne me souviens pas où était ma mère.

Ma mère ne m'a jamais rien transmis ; elle s'est contentée de m'offrir son désordre. Son charme tout entier a fait succomber tous les hommes et noyé mon père dans le chagrin. Ma mère avait la beauté du diable et, le jour de sa mort, un visage d'ange sur son lit.

J'avais oublié Sylvie et cette leçon particulière, elle m'est revenue un mardi. Sylvie et son bikini noir, ma pomme vers ses seins, allongé sur le dos, et les yeux comme des fentes pour me protéger du soleil.

Qui ne sait pas nager ignore vivre.

2

Sur le bord du bassin, Eden s'égosillait et riait. Il mimait avec de grands gestes le mouvement qu'il ordonnait et que, malgré tous mes efforts, je ne parvenais pas à reproduire à la perfection. La tête hors de l'eau pour reprendre mon souffle, j'apercevais au travers de la buée de mes lunettes l'agitation de ses lèvres mais sa voix n'arrivait pas jusqu'à moi. Le cœur battant, je tentais encore d'avancer, souffle court, inspirant et expirant, vite, trop vite, grenouille malhabile, ne m'épargnant pas à la fin le goût du chlore dans la gorge, la tasse à l'heure du thé.

Ma ligne de nage me semblait infinie, mes jambes n'avançaient plus, lourds, mes bras s'agitaient, je m'épuisais.

Je choisis toujours de me rapprocher au plus près du bord du bassin quand cette panique revient me hanter et que le souvenir de l'accident rejaillit.

Alors, le ciel s'assombrit, des vagues et des creux se dessinent autour de moi, un courant m'emporte, un tourbillon me tire vers le bas et tout me revient. Ces gestes vains et épuisants pour me dégager, l'impression d'être emporté, je revis cette sensation d'être tiré vers le fond. Autour de moi, pourtant, rien ne bouge dans ce bassin éclairé à la lumière artificielle, tout est rassurant même. Je suis encadré. La voix d'Eden me guide, mon corps flotte mais rien n'y fait, ce souvenir m'encercle et m'étrangle.

Je sors de mon corps, et j'observe : je suis dans l'incapacité de remonter à la surface, l'eau salée remplit mes poumons.

Je n'ai pas raconté à mon professeur cette vision. Je ne lui ai pas avoué qu'elle revenait souvent depuis que j'ai failli me noyer en vacances. Eden ne connaît pas mon histoire, mais dans son œil malicieux, je lis qu'il se doute que quelque chose de grave m'est arrivé avec l'eau. Je me suis contenté de lui demander de m'apprendre à nager.

Apprendre à nager pour réapprendre à vivre.

Il ne m'a posé aucune question, n'a pas cherché à me juger, et m'a renvoyé un sourire entendu. Il m'a tutoyé en premier et ordonné de me lancer dans le couloir réservé aux leçons. Se doute-t-il que si ma femme n'était pas venue me sauver ce matin-là, je n'aurais jamais pu remonter, je me serais laissé glisser tout au fond de cette mer, j'aurais disparu sous l'écume, dans l'aube de notre voyage de noces au paradis ?

Comment s'appelait cette île ?

Le bateau avait quitté l'hôtel au lever du soleil.

Elle et moi dans ses bras sur cette embarcation au milieu des autres clients.

On avait choisi d'aller voir derrière la barrière de corail ; Florence en rêvait et moi je rêvais de Florence. Nous avons sauté du bateau avec nos masques et nos tubas sans nous rendre compte que le ciel changeait de visage et que le vent chantait sur la mer pour écrire des vagues et des creux sur son dos. J'ai oublié l'ordre des événements, mais pas cette image, quand quelque chose ou quelqu'un m'a tiré vers le fond.

Mon garçon

Dans les entrailles de l'océan, j'ai vu la nuit boire le jour, la mort me mordre, et le torrent du silence tout envahir d'un coup.

Et j'ai perdu connaissance.

Je n'ai pas vu passer le message de ta mère.

Ce n'est que bien plus tard que j'ai appris la nouvelle.

Mon fils était à l'hôpital.

Quelque chose de grave était arrivé à Marcus.

3

Je n'ai pas lu le message de Florence qui me prévenait pour notre fils et je n'ai pas eu son appel non plus. Le téléphone en mode avion, je dormais quand elle a cherché à me joindre, habillé sur mon canapé.

Sa voix tremblait sur le répondeur.

— Marcus a eu un accident, rappelle-moi.

Cela fait deux ans que je n'ai pas entendu son timbre rauque, résultat des dizaines de cigarettes que je l'ai toujours vue allumer.

Deux années, un si long silence.

Je suis sorti de sa vie et de son champ de vision un jour de mars.

Le ciel sifflait des airs de printemps.

Tout est allé très vite. On était d'accord sur les modalités. La juge se mordillait les lèvres, des lèvres fines presque invisibles. Elle nous observait sans douceur, un peu lasse, on devinait chez elle une envie d'en finir avec notre dossier. Elle a refermé sa pochette bleue et tiré sur l'élastique. Affaire classée, au suivant. Florence regardait sa montre. Tout le monde voulait s'en aller, sauf moi. J'ai fait semblant de trouver tout normal. Depuis le jour de la prononciation du divorce, mon ex-femme a coupé le son.

La dernière image que j'ai conservée d'elle revient parfois à l'improviste. Au réveil, en réunion, au volant, au milieu d'un dîner. Elle se tient face à moi en compagnie de son avocat, un type chauve au sourire empathique. Florence porte un pantalon de cuir noir, et son long manteau bleu, autour du cou un nouveau foulard que je ne lui connais pas. Le début d'autre chose.

En sortant du tribunal, j'ai tenté de ne plus me poser de questions sur sa décision, d'accepter. Tant pis si je n'étais pas d'accord.

Ce jour-là, au-dessus de nos têtes, des traînées blanches peignaient sur un ciel dégagé des itinéraires à choix multiples.

Je suis allé vivre ailleurs.

Une opportunité m'a conduit au Canada. Là-bas, j'y conçois pour un cabinet d'architectes des maisons en bois disséminées dans la nature.

Tirer des lignes sur un plan exige de la concentration, se concentrer évite de se souvenir. Le travail a été inventé pour nous aider à oublier. Mais un oubli ne dure pas toute la vie, tout dépend du poids qu'il tente d'écraser.

Un divorce, deux ans de silence. La vie moderne.

Je suis arrivé à cette conclusion : on ne refait pas sa vie, on continue son chemin.

On laisse ses empreintes sur de nouveaux territoires, on s'étire sous d'autres soleils ; et les milliers de kilomètres qui vous séparent de votre vie d'avant n'effacent pas tout. La mémoire joue des tours, traite nos souvenirs, en sélectionne certains, en envoie d'autres aux oubliettes. Il convient de se méfier des fantômes d'un bonheur passé, ils sont les mauvais gardes suisses de notre vie d'avant. Les chiens galeux des regrets ne réparent rien, ils nous enfoncent dans les sables mouvants.

Avec Florence, j'ai partagé quinze années, puis nous avons décrété que nous ne nous aimions plus. Enfin, surtout elle. Ce n'était pas la fin du monde, juste la fin d'un monde. Dans le nôtre, la Terre était plate, nous étions arrivés à la fin du chemin et, tout au bord, la nuit était un précipice. Voilà.

Ça me revient parfois : au tribunal, Florence a pleuré. Pourtant, c'est elle qui avait rencontré un autre homme, elle qui était tombée amoureuse. Elle avait eu ce courage-là et nous laissait. Elle déposait notre histoire au détour d'un ravin, sans même avoir à creuser notre tombe. Je n'ai pas eu mon mot à dire, juste à me faire à ce froid et à attendre.

L'hiver d'un amour mort dure deux ans.

C'est toujours la nuit chez moi quand mon ex-femme est réveillée.

Lorsque le soleil se lève, le jour a déjà pris les devants dans mon monde d'avant.

Nous avançons, chacun séparé par la mer.

J'en suis là.

4

Le départ de Florence m'a déraciné.

Il m'en a fallu, du temps, pour me reconnecter.

La piscine me sert de cadre pour me retrouver. La voix de mon maître-nageur, de guide. Le contact de l'eau, de mantra.

Je vais mieux.

Apprendre à vaincre ses peurs, quand on n'a plus rien à perdre, c'est gagner du terrain vers son âme.

Je n'ai pas su m'y prendre avec Marcus, j'étais trop occupé à tenter de me relever. Mon fils est venu me voir deux fois. Deux fois en deux ans. Une fois pour Halloween, une fois après Noël.

C'est tout.

C'est peu.

Si peu.

Je lui ai présenté le début de ma nouvelle vie. Ma vie sans sa mère. Après toutes ces années, j'avais tant à réapprendre sur les terres de ce pays si grand. Nous avons fait comme j'ai pu, sans trop de mots entre nous. Des grumeaux empêchaient tout dialogue. Florence était partie. Marcus me tournait le dos.

Il n'y avait rien à ajouter.

Aurais-je dû prendre le temps de me justifier ? Être quitté, c'est apprendre malgré soi. Certains comblent l'absence par des hurlements. La victimisation barricade momentanément le vide que laisse l'autre en s'échappant, elle ne protège pas des esprits.

Rien ne retient une femme qui part, ni les plaintes ni les tragédies, encore moins les insultes. Alors les larmes…

Je n'ai proposé aucun spectacle à mon fils, ni celui de l'homme accablé, ni celui du mari haineux. Je ne suis pas revenu sur le divorce de ses parents et je n'ai tout simplement pas su m'unir à lui.

Marcus est resté insensible à l'extrême beauté des alentours, à l'aurore de ma nouvelle vie, et nous avons traversé de nombreux paysages sans rien partager.

Rien ne camoufle un homme en recomposition.

Il a dû m'en vouloir d'être ce type-là.

Oui, je fus loin d'être un père pendant cette convalescence, à peine une silhouette de papa.

Un homme en chantier.

Les deux fois où nous nous sommes vus, je n'ai jamais osé planter mon regard dans le sien.

Et mon garçon est devenu mon étranger.

Quand je l'appelle, il me renvoie souvent dans le tombeau de sa boîte vocale. Qui écoute encore ses messages ? Peut-être lui ? Je laisse toujours une trace, quelque chose de tendre à la fin. Quand il décroche, Marcus ne parle presque pas et se contente de me répondre par oui ou par non. Mon garçon balance quelques borborygmes, des onomatopées souvent désinvoltes, et très vite, ses réponses deviennent des murs. Il achève presque toujours ma conversation d'un « salut » lancinant et je me sens si seul après. Je ressors de là lessivé, parfois en colère, parfois la gorge serrée, et presque toujours des images d'avant me reviennent.

Florence et lui, Florence et moi, nous trois.

Mon garçon

Quelquefois, je roule sans but à travers les artères de la ville, le temps de trier les archives, de chasser ces clichés déformés du bonheur. Le temps de retrouver je ne sais quoi. De récupérer de nos blancs, de moins sentir le poids de son absence et celui de ce père que je suis devenu.

Marcus m'en veut d'être parti si loin.

Marcus m'en veut et moi je le veux de nouveau dans ma vie.

J'en ai mis, du temps.

Je suis prêt.

J'ai retrouvé le sourire.

C'est déjà ça.

5

Florence n'a pris aucun de mes appels. Passé l'affolement, j'ai bouclé ma valise et tenté de retrouver mon calme, ordonné mes pensées, essayé de refaire le puzzle : accident, Marcus, hôpital…

Elle a fini par me rappeler, et m'a raconté : le scooter, la voiture, la priorité volée au carrefour, l'impact, cette violence, la police, les pompiers, le téléphone qui sonne à 2 heures du matin, la peur qui crève la nuit, la descente au bloc, l'opération en urgence, la jambe en morceaux, la crainte de ne pas pouvoir la sauver, les élucubrations, l'ombre du doute affreux.

Elle a marqué une pause.

J'ai essayé de la percer, en vain.

La mère de Florence aussi m'a téléphoné, un linge doux m'a entouré de chaleur. Certaines belles-familles ne cessent pas le combat avant d'en avoir reçu l'ordre, et même après, continuent à s'acharner sur la fin d'un amour.

La grand-mère de Marcus est sortie de la guerre du mutisme pour me parler de mon fils et de sa vie en jeu.

Le téléphone a sonné de nouveau.

C'était moins grave qu'on l'imaginait. La jambe de Marcus était sauvée.

— Il remarchera normalement. Il a eu, nous avons eu, une chance folle.

La voix de Florence chantait le soulagement d'une mère et presque la paix d'une ex-femme. J'ai même entendu son rire à la fin, et sa bouche en un murmure :

— Je t'embr… Salut… Oh, et puis si, je t'embrasse.

L'ombre de la mort l'avait ramenée sur le rivage, avait dissous la colère, tué la rancune. La sienne m'était toujours incompréhensible. Qu'avais-je fait pour mériter, en plus du reste, cette absence ?

La veille de notre divorce, Florence m'a écrit une lettre. Elle me reprochait de ne pas avoir réussi à nous aimer toute la vie. Selon elle, je n'avais pas su changer. Selon elle, j'aurais dû changer. Je lui avais fait perdre son temps. Elle m'en voulait d'avoir dû prendre la décision d'en finir et d'être obligée d'endosser le mauvais rôle. Celui de la femme qui s'en va. C'était à cause de moi si elle avait dû recommencer son histoire avec un autre. J'avais laissé la place à quelqu'un.

Florence m'en voulait surtout de ne pas avoir cherché à la retenir.

De ne pas m'être battu.

La vie pourtant était un combat.

Je n'étais pas la moitié d'un pleutre et dans sa vie un bon à rien.

Je l'ai compris bien après : on a souvent abandonné depuis des années celle ou celui qui nous quitte un jour.

Et dans ce genre d'histoire, mon garçon, il n'y a ni victime, ni bourreau.

C'est elle qui m'a proposé d'aller chercher Marcus à sa sortie d'hôpital, de l'emmener quelques jours se reposer dans cette petite maison qu'elle a gardée dans le sud de la France, en Camargue.

— Il sera content de te voir. Ça vous fera du bien de vous retrouver un peu. Entre hommes. Et puis, je dois m'absenter quelques jours.

Je me suis retenu de lui poser la moindre question. Je me suis contenté d'un merci. Dehors, un soleil haut perché triomphait.

J'ai mis quarante-huit heures à m'organiser et j'ai pris la route pour l'aéroport.

L'avion était plein à craquer.

Le vol de 19 heures débordait. À bord, quelques Américains venus claquer leurs dollars sur ma terre d'avant hurlaient pour se faire entendre.

Ma ville-musée me manque parfois.

Et j'ai pensé : « Vivre, mon garçon, c'est mourir et renaître chaque fois. Tu verras. »

Je n'avais pas le cœur à avaler quoi que ce soit, encore moins à visionner un film. Dans la carlingue plongée dans l'obscurité, j'étais tout à lui.

Dans cet avion qui me rapprochait de Marcus, j'ai remonté le temps le cœur grand ouvert. Au-dessus de l'Atlantique, j'ai rassemblé mes souvenirs et j'ai réécrit son histoire. De sa naissance à cet accident, presque seize années se sont écoulées en un claquement de doigts.

Que sommes-nous devenus, mon garçon ?

6

Le couloir du centre hospitalier était froid et sa verrière n'offrait vers le ciel qu'un noir épais sans étoiles.

Je l'ai trouvé prostré sur une chaise.

Sa grande carcasse enveloppée dans sa doudoune, Marcus attendait, la tête posée contre le mur, dans son monde, sa jambe droite tendue, immobilisée par des bandes de résine synthétique, et ses béquilles étaient posées par terre. Il tenait dans les mains son dossier médical, en mordillait l'extrémité comme un rongeur l'écorce d'un arbre. En face de lui, des gens arrivaient et venaient allonger la file du bureau des admissions ; derrière, d'autres s'ajoutaient, fantomatiques, dans la salle d'attente, l'air souffrant, triste, inquiet ou apeuré.

Des mères tenaient dans leurs bras leur enfant. Ces petits corps ne bougeaient pas, la fièvre les avait rendus sages.

Quand il était là, la présence de leur père les rassurait. Ici, le poids des hommes est déterminant, même si au fond de leur calme apparent, beaucoup s'en remettent à leur femme et à la médecine, évitent de montrer qu'ils ont peur. Courbés sur leur téléphone, leur crainte dissimulée dans une grotte, combien sont-ils ceux qui font bonne figure en priant pour rentrer vite chez eux ?

C'était un jeudi, une toute fin d'après-midi, l'heure du loup à la lisière du soir. En cette saison, l'obscurité vous enveloppe, les éclairages débutent leur vigie, percent sans mal les arbres déplumés, vous guident sur les trottoirs glissants, se moquent du vent qui décoiffe.

Novembre.

Dans l'antichambre du crépuscule, la journée paresseuse achève sa corvée. La nuit peut dégénérer, l'hôpital en sait quelque chose.

Marcus s'est retourné vers moi et a fermé ses paupières. Puis il les a rouvertes pour regarder son téléphone et dans un souffle m'a lâché cette phrase en guise de bonjour :

— Tiens, un revenant. Qu'est-ce qui se passe, tu t'es souvenu que tu avais un fils ? Fallait pas te taper tous ces kilomètres.

Il a laissé flotter un soupir. Peut-être a-t-il compté jusqu'à trente dans sa tête – on jouait à ça quand il était enfant, dans le jardin, les bois, dans la prairie devant la maison de ses grands-parents –, et d'une voix monotone presque métallique il a ajouté :

— Fallait pas traverser l'océan pour moi.

Je n'ai pas pu contrer la violence de sa phrase.

C'était encore trop tôt pour lui tendre les bras. Je me suis contenté d'appeler à notre résurrection. Je me suis concentré sur quelque chose de doux, et ces images sont remontées.

On devait en être à la troisième échographie. La vision de Florence sur cette table, le ventre recouvert de ce liquide, le Doppler fœtal, la sonde, elle, les yeux rivés à l'écran, la voix basse du toubib, sa blouse blanche ouverte sur sa chemise à carreaux, ses lunettes fines, et sa mère qui, animale, le guettait, sa mère qui le pointait du doigt sur la photo en noir et blanc, et ses variantes en trois dimensions. Je fixais ma femme et cette vague qui bombait son cœur sur son ventre si rond. J'ai réglé la consultation pendant qu'elle se reboutonnait, dehors septembre.

en l'attendant, soufflait un air chaud, sous un soleil de bronze.

Tout irait bien.

Très bien.

Florence, ses larmes de joie, son si grand sourire. Le sommeil qui répare les fracas.

Les semaines qui filent comme des jours.

Sa mère à la maternité.

— Ça fait deux ans que t'as mieux à faire…

Ces images sont ma trousse de premiers secours.

Et ta violence, mon garçon, n'y peut rien.

7

Je lui ai offert mon bras. Marcus s'est appuyé dessus avec un air de défi et a marché à cloche-pied quelques mètres. Il avait grandi, il s'était étoffé ; ses épaules étaient larges, ses cuisses aussi, ses yeux sombres sous son épaisse chevelure étincelaient. Il a serré les dents, ses lèvres ont dessiné un rictus de douleur. J'ai trouvé que mon fils ressemblait de plus en plus à sa mère. J'ai trouvé que mon fils était beau et je me suis senti heureux.

Au bout d'une dizaine de mètres, il m'a arraché ses béquilles sans un regard et nous avons visé la sortie. En passant les portes automatiques, Eden sur le bord du bassin me faisait signe, mon corps fendait l'eau, je l'ai entendu me parler :

— Champion, nager, c'est laisser aller ses soucis, alléger sa peine et devenir libre.

Mon fils sentait l'odeur de sa mère. J'ai repensé au jour où je me suis noyé. Quand je me suis réveillé, j'ai pris appui sur l'épaule de Florence pour tenter de me relever.

Marcus sautillait devant moi pareil à un cabri amputé. Je l'ai rattrapé vers le parking et nous avons marché sans un mot jusqu'à la voiture de location. Sous la lumière des lampadaires, son ombre dévorait la mienne. Il a pris place à l'arrière pour étendre sa jambe sur la banquette. J'ai posé le sac que sa mère avait préparé dans le coffre. Mon téléphone a vibré au moment où j'allais m'installer au volant, je suis resté debout devant la portière pour le consulter.

C'était un SMS de Florence.

« Appelle-moi. Urgent. »

J'ai fait signe à Marcus de m'attendre. Il avait la tête dans son téléphone et ne m'a pas répondu.

Florence a décroché à la première sonnerie. D'une voix blanche, elle m'a annoncé la nouvelle.

L'accident de Marcus n'en était pas un. Notre fils avait voulu mourir. Elle avait retrouvé un mot dans la poche de son blouson à l'hôpital. Une lettre d'adieu à une fille, Lisa. Marcus avait écrit ne pas pouvoir vivre sans elle et annonçait sa décision de se tuer. Il ne supportait pas leur séparation. Notre enfant n'acceptait pas qu'elle soit partie pour un autre.

Florence pleurait quand elle a raccroché. J'ai fait mine de poursuivre la conversation l'air de rien, de parler avec une connaissance en anglais et j'ai coupé mon téléphone avant de le poser sur le siège passager. J'ai démarré la voiture un œil sur le volant, l'autre dans le rétroviseur. Marcus avait collé sa tête contre la vitre ; calfeutré dans sa doudoune, il serrait dans sa main son portable.

Ce n'était donc pas un banal accident de scooter qui avait failli lui coûter sa jambe et même le tuer. C'était l'expression d'un chagrin d'amour.

En raccrochant, Florence m'a fait promettre de trouver les mots pour amener le sujet et faire parler Marcus en douceur de son histoire. J'allais devoir en trouver d'autres pour lui expliquer : mourir est la dernière preuve d'amour à donner à quelqu'un que vous avez aimé, la meilleure réponse à offrir à l'autre quand il s'en va est de vivre au centuple, même si c'est dur d'encaisser l'absence. Il nous faut avancer avec et nous aimer.

Ni bourreau, ni victime.

Juste la vie qui vous cogne dessus.

Au creux de mon cœur, j'ai pensé à lui dire ce qu'au bord du bassin Eden me répète parfois pour m'encourager quand il sent que je vais lâcher :

— Champion, il n'y a pas de chemin vers le bonheur, le bonheur est le chemin. Si la douleur est inévitable, la souffrance est une option.

Il paraît que les routes les plus chaotiques débouchent souvent sur les plus belles destinations.

J'ai décidé de me taire et nous avons pris la route.

8

Le matin de ta naissance, ta mère souriait dans son bain. Elle avait préparé une petite valise pour t'accompagner vers la vie. Tout était calme autour de nous, tout, même le monde. Le monde est rarement calme. Ce dimanche-là, il se reposait, nous étions confiants. Tout allait advenir et notre vie se passer comme prévu. Rien ne se passe jamais comme on l'imagine, seulement toujours comme on le crée. On avait pris nos dispositions pour t'accueillir. Dans ta chambre, un grand berceau patientait dans l'attente de son locataire. Florence avait les deux mains sur le ventre, il était temps, ton heure sonnait. C'était à nous de jouer, et nous avons ri dans le taxi qui nous emmenait vers la maternité. Nous nous aimions follement, ta mère et moi, à ce moment-là. Le jour de ta naissance fut un instant béni, et, pour le graver à jamais, j'ai filmé le sourire de ta mère qui s'apprêtait à te mettre au monde avec une douceur infinie. Aucune ombre alors ne me traversait. Le vent d'hiver dispersait une fine poudre blanche sur les trottoirs, nous nous sommes calfeutrés dans de lourds manteaux et nous sommes arrivés à destination.

Tu as surgi dans mes bras.

Supervisé par une infirmière, je t'ai donné ton premier bain. Une charlotte bleue sur la tête, tes doigts roses serrés dans les miens, l'eau vive sur ton corps chaud, nous étions sur la ligne de départ, mon garçon.

9

Le souffle au ralenti, Marcus dort, sa capuche rembourrée lui sert d'oreiller. À quoi rêve-t-il ? Est-ce que le spectre de son amour perdu le retrouve ? Je suis bien placé pour le savoir : la morsure d'un premier amour engage parfois un avenir. Cette réflexion me plonge des années en arrière. Le jour où moi aussi, à son âge, j'ai pensé en finir à cause d'une fille qui ne voulait pas de moi. Si j'avais eu un scooter, est-ce que j'aurais foncé dans la nuit ? A-t-il vraiment voulu se tuer pour le cœur d'une autre ? Vouloir mourir par amour, c'est renier l'amour. Il a sûrement écrit cette lettre sans intention de prolonger ses mots par un geste et foutre sa vie en l'air. Non, Marcus n'a pas voulu mourir pour consoler son chagrin.

Penser à se tuer, ce n'est pas en finir : juste éliminer un peu de sa part d'ombre avant de renaître enfin.

Florence déforme ses intentions, les mères cherchent dans les moindres flaques le reflet de leur progéniture, elles puisent souvent dans les entrailles de leurs propres tourments. Son grand bébé n'a pas le profil du garçon suicidaire. Sûrement pas. La joue écrasée contre la vitre, Marcus dort sur ses deux oreilles.

Mon garçon me replonge au carrefour de l'enfance.

Les deux mains sur le volant, je revois le visage de Carla. Quel adolescent ai-je été pour devenir cet homme-là ?

Ce fut un long voyage. J'arrive de si loin, d'une terre meuble et incertaine, vortex sur une forêt de vertiges.

Il m'en a fallu, des détours. Parfois, nos fantômes nous croisent sur les autoroutes et nous envoient des signes.

Mon garçon, je dois te parler de Carla. De l'année de mes quinze ans, quand avant toi je me suis retrouvé à l'arrière de la voiture de mon père, avec cette sensation de cœur en lambeaux et cette envie folle d'en finir.

MARCUS

Au cours de sa vie, on croit souvent mourir à cause des autres. Et un jour on prend conscience que les autres n'ont rien à voir avec ça.

Tu verras.

Deuxième partie

Carla

1

Au-dessus de nos têtes, le bruit de la furie sur un toit en tôle ; devant nous, un épais rideau d'eau. Il essore les buissons, noie les feuillages, ruisselle sur l'asphalte, imbibe le sol. Saturé, le béton recrache le trop-plein, dégueule, déjà ivre des lacs déchirés, des bouts de miroirs tranchants. Les flaques renvoient la noirceur du ciel, le reflet de son armée de nuages unifiés. Elle descend vers la terre, sature de noir le béton et les cimes, souffle la lumière, recouvre de son couvercle épais l'espérance.

Dans la cour de récréation, la pluie lustre l'écorce d'un marronnier centenaire, efface les empreintes de toutes les mains d'enfants, kärschérise l'innocence.

Nous sommes entassés sous le préau. La structure sert à stocker des paquets de mioches les jours de grabuge et à rien les jours de vraie tempête. Les anciens disent qu'une fois des grêlons ont éventré le toit avec des billes de glace grosses comme des poings furieux et que la moitié s'est retournée sous la cravache brutale d'une rafale de vent.

Nous sommes loin d'en être là. Juste les dieux qui nous pissent dessus.

On dit que c'est encore l'été, et c'est l'un des rares avantages : l'été n'est pas mort tout à fait quand sonne le glas de la rentrée des classes.

Je suis ailleurs, toujours sur cette plage. Au pied des dunes, la langue de sable s'étend vers l'infini à marée basse quand la mer décide de bouder au loin les estivants, puis, sans rien pardonner, revient de plus belle, monte à la charge, et balance parfois, un peu garce, de sacrés rouleaux sans prévenir.

Je ne me baigne jamais très longtemps, juste un peu pour me rafraîchir, rarement plus haut que les épaules.

J'aime sécher pareil à un drap sous un soleil arrondi, tenter de fixer le cercle jaune, chercher à tenir le plus longtemps. Je tire la barbichette à sa lumière, même si ses rayons triomphent chaque fois, je m'améliore. Je suis capable certains jours de résister presque une minute dans son jaune sans tricher.

Personne ne connaît les règles de mon jeu solitaire. C'est l'un de mes nombreux secrets. À la plage, j'en ai un autre : rester pendant des heures à observer les gens autour de moi. Les gens me nourrissent, toute cette chair sur le sable en été sert de repas à mon imagination. Les vies qui s'étalent de la crème solaire me passionnent. Parfois, mon corps immobile envoie mon âme en éclaireur chahuter sur le dos d'une famille. Tel un frelon, je reste en vol stationnaire au-dessus d'un couple et de leurs trois enfants, m'offre un piqué sur une cible, en général, une mère ou une fille de mon âge, et, à distance, j'écoute les conversations de ces peaux mouillées. Je zoome sur l'arrondi d'une épaule, descends la piste le long d'une omoplate, ou fonce tout schuss sur les bords d'une colonne vertébrale. Je chasse les trésors des grains de beauté et les compte. Certains se ramassent à la pelle, d'autres se cachent dans les creux d'une cuisse, se perchent en haut d'une fesse ou dans le nid d'un pli plus discret. Cette pêche peut s'éterniser. Seuls les appels des miens me ramènent à la réalité ; le cul sur ma serviette, j'atterris et me lève d'un bond pour courir rejoindre ma bande et jouer à faire semblant d'être un garçon normal. J'aime passer inaperçu. Mon père me le répète depuis ma naissance : « Pour vivre heureux, vivons cachés. » Il a raison, je crois. Je me planque en criant aux copains que j'arrive. Courir vers les autres est un bon moyen de se dissimuler.

2

Dans ma bande, les garçons chahutent sur l'arène de sable mouillé en rentrant le ventre. Ils tentent d'attirer l'attention des filles de toutes les manières possibles : en plongeant dans les rouleaux, en sautant des rochers, en se rapprochant à pas de loup, en lançant des raids à grands cris ou en rasant les trois blondes. David et Manu frôlent du pied leur territoire, poussent un râle effrayant, les éclaboussent. L'escadron bat en retraite et se regroupe avec un rire gras.

Franck marche vers les filles et secoue sa serviette dans leur direction.

Elles envoient balader l'inconscient à coups de gestes disproportionnés, moulinent de leurs bras maigres et en chœur lui hurlent dessus :

— T'es con ou quoi ?

Carla se lève et tend vers Franck un doigt vengeur en retroussant le nez, se mordille la lèvre et ouvre grands les yeux.

Je tuerais pour un peu de ce venin-là.

Lise, Emma et Mathilde haussent les épaules. Les deux sœurs et leur cousine remontent leurs cheveux en chignon, parfois les essorent dans de beaux paréos, et trempent leurs pointes dans une huile à la noix de coco.

Les filles se plaignent de nous mais leurs voix les trahissent. Leurs invectives sont gorgées de sourires. Depuis le début du séjour, elles nous ordonnent d'arrêter de les emmerder et nous supplient de continuer d'attirer leur attention. L'été, les bords de mer ne souffrent pas l'indifférence.

Les vraies blessures ne cicatrisent pas sous les chaleurs étouffantes, tout juste s'apaisent-elles un peu dans les vagues, et sont parfois suspendues le temps d'un ciel sans nuage. Recouvertes par les cris de l'enfance qui s'achève, maquillées par l'adolescence, sous les lignes blanches de la crème solaire, les vraies blessures se camouflent.

J'aimerais tellement savoir ce que Carla pense de moi.

Carla

Le troupeau est sommé d'attendre l'appel.

Je fixe la gouttière qui pisse dru et nous force à reculer au plus près du mur. Poussée par le vent, la flotte gicle jusqu'à l'intérieur et éclabousse les premières lignes.

Un homme aux cheveux gris et en costume clair apparaît sous un parapluie. Perché sur son estrade, il nous toise et nous ordonne de patienter encore un peu.

— L'appel des secondes ne va plus tarder.

J'entends rire dans les rangs. Le surveillant général est un ancien militaire. Ça se voit.

3

Ma sacoche sent le cuir neuf. J'ai des airs de ministre, ou de médecin de campagne. Ma mère a insisté, elle était si contente, fière aussi en sortant du centre commercial. La bouche de la vendeuse avait de faux airs de celle de Carla, la même mouche au coin des lèvres, un œil de biche, des collants chair. Peut-être est-ce cela, l'amour, voir l'autre partout, même en beaucoup plus vieux, à l'étage maroquinerie d'un grand magasin. Carla était plus belle que la vendeuse, plus jeune, plus italienne aussi. J'avais les jambes coupées en sortant et, sur le parking, j'entendais sa voix résonner tout autour.

— C'est un cuir de vachette pleine fleur cousu à la main. Les deux pochettes latérales sont en cuir de mouton. Le sac ferme très simplement par ces deux passants en cuir. Admirez la couleur vieux laiton des pontets. Le cuir est travaillé dans notre atelier…

L'eau dessine sur cette peau patinée des continents d'auréoles. Les taches noires sur ma sacoche ressemblent à des pays sans frontières. Encore une heure et j'aurai les plans d'un autre monde sur le dos.

Dans quelques semaines, ce cartable aura pris dix ans. Sa bandoulière aura cédé et sur mon épaule maigre, elle ne s'accrochera plus qu'avec un nœud. Lorsque je courrai pour attraper mon bus, le nœud se défera, ma nouvelle besace tombera dans le caniveau.

Avec moi, rien ne dure jamais très longtemps, toutes les affaires neuves, les chaussures surtout. Mettez-moi un costume propre, et j'aurai quand même l'air chiffonné. Il y a des types qui, quoi qu'ils essaient, sembleront toujours sortir de leur lit. Je suis de cette espèce-là : malgré tous les efforts de la terre, je ne parviens jamais à garder bien longtemps ma chemise dans mon pantalon. Je suis un garçon tire-bouchon, brouillon et désordonné, et les remontrances de mon entourage, les cris furieux de mon père si méticuleux, les soupirs fatigués de ma mère, les remarques de mes professeurs n'y changent rien.

Carla

En ce jour de rentrée, j'ai l'air d'un bon à rien sur son trente et un. En plus d'un nouveau sac pour aller au lycée, j'ai eu droit à de nouveaux vêtements. Tout est bleu dans ma garde-robe. La couleur est imposée par l'établissement : à défaut d'un uniforme strict, nous sommes tenus d'être en bleu marine des pieds à la tête. Il paraît que la couleur atténue les écarts entre les gosses de riches et les fils de pauvres.

J'ai mal aux pieds dans mes nouveaux souliers noirs. Ils sont déjà trempés et recouverts de boue.

Endimanché, même à l'abri sous ce préau, serré contre mes nouveaux camarades, je suis froissé.

Que dirait Carla si elle me trouvait là ?

4

Trois, quatre fois ? J'ai pas mal changé d'école en quinze ans. C'est toujours le même scénario : à la fin, je prends la porte, limogé par la direction, fusillé par le peloton d'exécution du conseil de discipline.

Les mêmes causes produisent les mêmes effets. On me renvoie pour des raisons peu variées, cocktail de notes indignes et de mauvaises attitudes.

L'année dernière, les choses ont vraiment dérapé. J'avais collé une droite à Gaël Audivert et il était tombé direct dans la cour de récréation, face contre terre, le nez en sang. Si je n'avais pas sorti mon Opinel, un numéro 9, j'aurais eu certainement moins d'emmerdes.

C'est lui qui avait commencé pourtant.

Cet épisode aurait pu me coûter bien plus cher, sans son intervention. Au commissariat, mon père a juré sur l'honneur que le couteau lui appartenait et qu'il comptait justement s'en débarrasser.

Après avoir cassé le nez de Gaël Audivert, j'ai sorti ma lame pour écarter le cercle de sa bande. Je n'ai jamais envisagé de le lui planter dans le cœur ou de lui sectionner l'artère fémorale.

Ce genre de scènes, je me contentais de les imaginer. Mon père s'est chargé d'indemniser ma victime afin qu'il retire sa plainte. Le père de mon adversaire a accepté les mille francs à condition de ne plus jamais me revoir dans cette cour de récréation. Et je n'y suis plus retourné après ça. On m'avait renvoyé sur-le-champ. L'été s'annonçait.

Avec elle, il n'est plus question de violence.

Sous mon préau, la question m'obsède et me rend nerveux : que penserait Carla si elle me trouvait là ?

Le ciel bas ne se dégage pas, le voile gris nous recouvre tel un linceul épais. Je continue à fixer cette gouttière qui recrache son torrent en cascade ; j'ai déjà envie d'ailleurs et d'évasion, loin de cette boue saumâtre, de ce béton rouge qui ressemble sous les flaques à du sang.

Un jour, j'irai voir le monde, m'ébrouer sur ses routes, prendre des bains vert émeraude dans des cascades sauvages et recouvertes de jungle. Un jour, j'irai voir le monde, j'escaladerai ses montagnes puisque le monde pour l'instant ne m'offre rien d'autre que cette vue sur les bâtiments sévères du lycée.

Est-ce que Carla sera là ?

3 septembre 1987. Je rentre en classe de seconde. On m'a épargné un redoublement.

Je n'allais pas me taper deux troisièmes.

Je n'ai rien dit à Carla. J'ai préféré lui mentir. Je mens souvent par omission, surtout à elle, c'est ma façon de me préserver. On ne devrait jamais se dévoiler tout à fait, montrer ses cicatrices n'ouvre pas l'appétit. Elle ne doit pas savoir, juste subodorer, si je veux protéger notre amour.

Ma mère a trouvé ce nouveau bahut. Elle m'a promis que la vie allait s'arranger et que j'allais déboiser un peu le futur, c'était une chance et je devais la saisir. En y mettant du mien, en me remuant un peu, j'écarterai peut-être un peu l'horizon, trouverai enfin la trace de mon chemin.

Mon père a refermé le coffre de la Citroën. Ma sœur était déjà installée à l'arrière. Ma mère rendait les clés de notre location à l'agence et moi je chialais sans larmes de quitter cette station balnéaire, moins à cause de la mer qui se barre au loin à l'heure du déjeuner avant de nous défigurer de ses rouleaux déchaînés, moins à cause de la fin des vacances, que de la fin de Carla que je devinais.

J'étais passé lui dire au revoir à la fin de la nuit.

J'avais lancé sur le carreau de sa chambre une pomme de pin. Elle était apparue à la fenêtre, en me traitant de fou d'être venu jusqu'à elle ; ses parents possédaient une maison à l'autre bout du village, une maison immense au jardin démesuré. J'avais pédalé dans le jour naissant pour lui dire au revoir. Elle n'a pas compris pourquoi je m'étais donné tout ce mal, mais elle en a ri de gêne, flattée. Peut-être était-ce la première fois qu'un garçon venait à l'aube jeter une pomme de pin à sa vitre pour quémander, pareil à un oiseau blessé, un peu de son souffle ? Elle n'a pas daigné descendre, elle s'est contentée de m'envoyer un maigre baiser d'un signe de la main. J'ai tenté de le rattraper en sautant. Elle n'a pas attendu ma réponse, elle a refermé la fenêtre et tiré les rideaux.

Et, dans une légère brume, Carla a disparu.

Dans la voiture, j'ai posé la tête contre la portière en imaginant que c'était son épaule. Ma mère m'a renvoyé un sourire, en m'expliquant que j'avais une chance folle. Une chance folle de repartir du bon pied cette année. J'allais adorer ce nouveau lycée.

5

Le surveillant général est réapparu. L'air martial, il a bombé le torse et nous a mitraillés d'un rictus un peu sadique en refermant son parapluie. Les dieux ont fini de nous pisser dessus. Il a sorti une liste et a lancé des noms dans le vide. Des garçons et des filles ont répondu présent avant de sortir du préau, de former un rang propre et de rejoindre leur classe en suivant leur professeur principal qui se tenait à côté de l'ancien militaire. L'espace se désengorgeait, et on respirait mieux tout d'un coup. Au bout de quelques minutes, il ne restait plus qu'un groupe sous le toit en tôle qui bavait encore quelques gouttes après l'orage. Le ciel ne se décidait pas à nous offrir sa lumière, mais l'accalmie avait un avantage, il flottait dans l'air le parfum tendre de l'été, j'ouvrais grand mes poumons et desserrais mon cœur.

Autour de moi, ma classe se dévisageait. Les derniers appelés allaient par simple déduction devoir passer l'année ensemble. Je sentais les regards converger vers moi, tout le monde se connaissait. Nous étions deux nouveaux. François captait toute l'attention. Il était plus grand, plus baraqué, beaucoup moins timide, et aussi, il boitait. Il tirait derrière lui une patte folle, avec des vis et une plaque à l'intérieur. Une épaisse mèche noire lui recouvrait le visage ; pour voir le monde, il envoyait sa tête en arrière. Il était bien plus vieux que les autres, il avait accumulé au moins trois ans de retard à cause de son accident – mais dix ans d'avance sur la connaissance des filles, de la vie et du baby-foot, et ça, c'était bien.

La première personne à m'avoir adressé la parole ce jour-là est une fille aux cheveux roux et à la voix crémeuse. Delphine parlait du nez. On aurait dit qu'elle avait pris froid à la naissance. Elle n'était pas mon genre, j'étais de toute façon trop fidèle à Carla pour m'intéresser de près à une autre. Je n'ai pas tout de suite prêté attention à ses airs timides, ni à sa saillie, quand elle s'est approchée et, dans un rire nerveux, en sautillant d'impatience, a lâché :

— Pourvu qu'on ait Mme V. Pourvu qu'on ait Mme V. !

Elle allait vite déchanter. La silhouette maligne de M. M. se dessinait sur l'estrade. À côté de l'ancien militaire qui égrainait nos noms en déformant leur prononciation, ce professeur principal de notre « seconde 4 » faisait figure de petit garçon.

J'avançais, le nez sur mes chaussures recouvertes de boue. Le dos courbé, j'avais sur les épaules un poids immense ; l'année scolaire qui s'ouvrait avait le visage d'une prison de haute sécurité qui masquait l'horizon.

À peine sur la ligne de départ, j'étouffais.

J'ai suivi les autres vers l'estrade et sans un regard j'ai frôlé le militaire. À mon passage, le surveillant général a lâché en haussant le ton :

— Les anciens sont priés d'accueillir les nouveaux et de les mettre au parfum.

On a longé sans rien dire un couloir beige aux murs dénudés, derrière lesquels des salles de classe uniformes s'organisaient en enfilade. À travers les carreaux, j'avisais les élèves qui prenaient possession de leurs tables. Assis droits sur leur chaise, ils écoutaient le mot d'accueil de leur professeur, assistaient au traditionnel speech de rentrée.

Je me souviens que le soleil a tenté une intrusion.

Dans un rai de lumière, une fille a tourné la tête dans ma direction, nos regards se sont à peine croisés. Son geste m'a rappelé la fois où, dans ce café de bord de mer, le long de la promenade face à une vague argentée, Carla m'a jeté un premier coup d'œil et m'a offert sa nuque lorsqu'elle s'est retournée vers son verre et a repris le feu de sa conversation. En traversant en rangs serrés ce couloir de la mort, l'image de son fin duvet blond m'est revenue.

C'était un nid de douceur que les jours de grand vent ses longs cheveux recouvraient. Les jours de beau temps, c'était différent. À cause de la chaleur, Carla s'inventait d'autres chorégraphies capillaires : un haut chignon ou des queues-de-cheval bien serrées. Elle laissait son duvet respirer l'air marin ; il arrivait que, dans un creux, quelques gouttes de sueur humidifient cette cache. Seuls mes doigts connaissaient l'endroit quand ma main s'y posait dans mes rêves.

Et je rêvais souvent de Carla.

6

Après l'avoir aperçue au café, après m'être perdu dans sa nuque, j'ai attendu deux jours avant de pouvoir l'approcher. Ce n'est pas moi qui ai commencé, c'est Manu qui a plongé en premier. C'est lui la tête brûlée qui a osé leur parler. Lise, Emma et Mathilde terminaient une gaufre sur la jetée, Carla détachait son vélo ; elles allaient rentrer chez elles, quand il leur a proposé de se retrouver sur la plage le lendemain matin.

— Ça vous dirait d'aller à la fête foraine ? a lâché Emma.

— Quand ? Demain ? a répondu Manu.

— Non, tout de suite.

Les filles ont enfourché leur vélo et ont filé sans se retourner. On est restés plantés là à se demander quoi faire. Ça a duré bien trois minutes, notre hésitation. On a pédalé très vite pour les rattraper et on les a cherchées dans la fête. C'est Franck qui les a vues en premier ; en haut des chaises volantes, elles s'égosillaient, un peu ivres de cette altitude. D'en haut, elles nous écrasaient de leurs rires. Quand elles sont descendues, je n'ai pas su quoi leur dire ; Carla avait l'air d'être ailleurs, préoccupée par je ne sais quoi. J'ai tout suite aimé sa manière d'habiter plusieurs mondes ; je connaissais son absence, j'étais de la même essence. Son visage pâle était vague ce soir-là, une porte fermée à clé et dont personne n'avait de double. Elle suivait, sans parler, j'avais choisi de me taire aussi. La regarder me suffisait. On marchait en baissant la tête, sous les rares lampadaires qui étiraient nos ombres. Quelques mètres plus loin, la nuit nous avalait. Les autres faisaient connaissance, échangeaient des banalités en riant de tout et n'importe quoi. Franck et Mathilde jactaient plus fort que les autres, David draguait Lise qui cherchait à séduire Manu ; moi, je fermais le rang à côté de Carla, elle avançait en gardant les bras le long du corps. Tout le monde a voulu aller danser ; Carla s'est réjouie et a pris la tête de la bande en courant jusqu'à la piste de danse bondée.

J'ai pensé aux rouleaux dans la mer, à une vague de sourires et de cris. Les bras se levaient, les corps disjonctaient, la sueur perlait sous le feu des projecteurs qui crachaient des lumières d'orage et de ciel embrasé. Les filles ont fendu la masse, j'ai cru que la mer s'ouvrait pour Carla. L'absence a cédé la place à la joie ; sa pâleur n'avait plus rien à voir avec la mélancolie, elle était l'addition d'autres choses. Elle est revenue dans son corps pour allumer le contact et, les deux pieds sur l'accélérateur, foncer.

Elle portait un débardeur blanc, un short en jean noir et des baskets en toile blanche, et sautillait. Elle a détaché ses cheveux et s'est mise à danser. Au milieu des vacanciers, point perdu dans la foule, Carla irradiait. Elle attirait et autour d'elle des hommes rôdaient. Pétrifié, je l'observais. Son corps se tendait, son corps se tordait, son corps se dépliait, son corps se déployait.

— Est-ce que tout est bien clair ? Vincent, vous pouvez répéter ?

— Répéter quoi, monsieur ?

Et puis M. M. ne m'a pas lâché, chien d'attaque qui vous attrape à la gorge. J'ai eu le droit à la totale : l'index pointé dans ma direction, le professeur principal me pilonnait de ses avertissements. Sous ses airs de petit garçon, il éructait en mouillant sa barbe. Je débutais mal cette année.

J'étais prié de me lever pour ne rien perdre de cette saillie en public. Autour de moi, personne ne mouftait face à l'humiliation, sauf la rousse à la voix crémeuse qui sursautait. J'ai tendu mon carnet de correspondance, il a griffonné toute sa colère dessus, et moi j'admirais Carla qui dansait sur l'estrade. Le visage contre le tableau, elle me faisait signe de la rejoindre ; quand elle s'est retournée, ses bras autour de mon cou me serraient.

À la récréation, François m'a tiré par le bras.

En chassant sa mèche, il a sorti son paquet et m'a posé la question.

— Ça te dirait qu'on aille s'en griller une tranquilles derrière le gymnase ? D'après moi, c'est le seul endroit où personne n'aura l'idée de venir nous chercher.

À la première bouffée, ma tête s'est mise à tourner. J'avais fumé pourtant cet été, pour imiter Carla et lui tenir compagnie, la fois où elle m'avait demandé de rester avec elle sur la plage. Je me souviens très bien de cette incandescence, de la gueule penchée de la lune et de mon cœur qui flambait.

7

D'abord, ma mère n'a rien dit. Elle est passée pareille à un spectre, très occupée au téléphone, en m'envoyant un baiser maternel, aussi furtif que bâclé, et je n'ai pas saisi pourquoi elle a jugé utile de mettre sa main sur le combiné pour me glisser un :

— C'est ma sœur…

Elle est partie s'enfermer dans sa chambre en chuchotant.

Devant tant de mystère, j'ai balancé mon sac dans l'entrée et j'ai filé dans la cuisine. J'ai ouvert la porte du frigo pour avaler n'importe quoi. J'ai déchiqueté un bout de baguette et je me suis réfugié dans mon antre.

Elle était posée sur mon bureau.

L'enveloppe était bleu ciel, je venais de recevoir des nouvelles de Carla. J'ai pris le temps avant de l'ouvrir de savourer ce moment. Je l'ai portée à ma bouche et je l'ai reniflée.

Combien de lettres lui avais-je écrites avant de recevoir sa réponse ?

Une par jour depuis mon départ de la station balnéaire. En réalité, un peu plus. Je ne les ai pas toutes envoyées, seulement celles que je jugeais les plus présentables.

Je n'avais jamais pris la peine jusqu'à elle d'écrire à une femme, et j'ignorais tout des mots à choisir, à coucher dans ce genre de circonstances, et avec mon écriture illisible j'en avais bavé un peu au début, avant de laisser faire mon cœur et d'avancer franco dans cette pampa des sentiments.

Je naviguais à découvert, me déclarais, priais le ciel de ne pas être lu par d'autres et moqué ; je craignais que Carla ne puisse pas déchiffrer mes pattes de mouche. Sur le papier, les lettres se couchaient, dans une oscillation inquiète, elles montaient très haut et descendaient tout en bas.

Je suais sur mes brouillons que je m'appliquais à recopier proprement.

J'avais un mal de chien à me tenir sur ma chaise. Je ne savais pas m'y prendre avec les déclarations, alors je décrivais les images qui me passaient par la tête à l'évocation de nos souvenirs de vacances. J'hésitais, butais sur mes mots, effaçais et recommençais.

Mes paragraphes transpiraient la guimauve d'un romantisme adolescent.

En quelques semaines, écrire à Carla est devenu un job à plein-temps. En rentrant de l'école, je composais pendant des heures, je laissais croire à ma mère que je soignais enfin mes devoirs, le déclic tant attendu avait fini par advenir, je m'étais mis à travailler, il était temps. Je ne parlais de cette correspondance à personne.

Elle avait dû en recevoir une vingtaine avant de daigner me répondre ; peut-être qu'écrire lui demandait encore plus d'efforts qu'à moi ou peut-être était-elle débordée depuis la rentrée des classes. Elle était en première scientifique et avait une idée bien précise de ce qu'elle comptait faire plus tard. Carla envisageait de travailler dans une banque et peut-être qu'un tel objectif se décidait bien longtemps à l'avance et empêchait d'écrire. Avant de partir, elle avait oublié de me laisser son adresse et j'avais dû la chercher dans l'annuaire. Là n'était pas l'essentiel ; l'essentiel, c'était que sa réponse avait fini par arriver sur mon bureau et je la décachetai avec le plus grand soin. Je me suis allongé sur mon lit pour savourer les mots de Carla et j'ai déplié sa lettre.

D'une encre noire, son écriture impeccable dessinait des bâtons. Difficile de faire plus clair et plus succinct aussi.

Arrête de m'écrire, espèce de taré !

8

Je suis resté allongé sur mon lit, les bras en croix, à fixer le plafond sans bouger. J'avais l'impression de m'être pris un immeuble sur la tête, et, enseveli sous les décombres, recouvert d'une couche épaisse de poussière, j'attendais d'hypothétiques secours en regardant Carla s'éloigner. Elle marchait au loin et alors que le jour déclinait, j'assistais impuissant à la scène : sa silhouette s'évanouissait, petit point perdu à l'horizon, avalé par un paysage où se mélangeaient bords de mer et murs de béton. J'allais bien m'extraire de ce cauchemar à un moment ou un autre et revenir à la vie, reprendre le cours de l'histoire, retrouver mes projets, la fille de mes rêves.

Sauf que je ne rêvais pas.

La violence des mots de Carla m'avait terrassé, et, roué par une batterie de coups impalpables, je me retrouvais sur mon lit dans l'incapacité de bouger, ligoté à ma couette, bâillonné par la main douce et forte de ma tortionnaire qui par ce geste signifiait son projet de me liquider.

Aucun son ne sortait de ma bouche. Seule l'ombre de cet amour d'été venait parasiter par moments le blanc infini du décor. Des scènes incohérentes sont remontées à la surface. Dans le bruit des rouleaux de la mer, les rires de Carla résonnaient. Elle dansait de nouveau devant moi, s'avançait à pas de loup sous les projecteurs, son visage strié par les rayons se démultipliait au fur et à mesure qu'elle se rapprochait de ma bouche, avant de pousser ce cri terrifiant et de me traiter de taré devant les autres.

Assis en demi-cercle, Franck, David, Manu, Lise, Emma et Mathilde assistaient au spectacle de ma crucifixion en riant.

C'est ma sœur qui a donné l'alerte.

Quand Alice est entrée dans ma chambre, je ne bougeais plus, ou plutôt je ne pouvais plus bouger, mon corps était dur. Mon corps entier était tétanisé. Ma mère est arrivée affolée pour tenter de me remuer ; heureusement que mon père a surgi juste après. C'est lui qui a eu l'idée de me mettre un sac plastique sur la tête pour m'aider à respirer normalement. Il avait appris cette astuce lors d'un stage de secourisme pendant son service militaire.

Quand le médecin s'est avancé vers moi, j'avais toujours la mâchoire bloquée. Il m'a piqué dans les fesses en expliquant à mes parents que la dose de lithium qu'il m'administrait allait m'aider à me détendre un peu.

Ma mère posa la question à mon père : qu'est-ce qui avait bien pu me mettre dans un état pareil ?

Mais les spasmes ne m'ont plus lâché. J'ai fait deux crises de tétanie pendant la nuit avant de me réveiller sur un lit d'hôpital.

Quand j'ai ouvert un œil, Carla se tenait devant moi. Dans sa blouse blanche d'infirmière, elle lançait de puissants sourires. J'ai levé la main pour la toucher, et je suis passé à travers son corps avant de me redresser brutalement et de retomber dans un profond sommeil.

Juste après ce mirage, j'ai fait le tour du cadran.

À mon réveil, deux infirmières m'entouraient. Elles avaient disposé devant moi un plateau-repas. À côté des quenelles à la sauce tomate, des médicaments m'attendaient.

Mes bonnes fées ont redressé ma tête de lit pour m'asseoir sans m'expliquer ce que je faisais là, à l'étage psychiatrique de cet hôpital. C'est ma sœur qui m'a donné le fin mot de l'histoire dans l'après-midi.

— D'après les médecins, tu as fait une réaction après un choc nerveux très puissant. Les parents sont sur le cul et s'interrogent. Ne t'inquiète pas pour le mot de Carla, je l'ai caché sous mon matelas, personne ne mettra la main dessus, ni ne fera le rapprochement entre tes crises de tétanie et ta déception amoureuse. Cette fille t'a brisé le cœur à coups de marteau, on dirait. Ne t'inquiète pas, petit frère, ça va passer. Tout passe toujours à la fin, même la violence. Tu ne vas pas mourir pour une petite conne. Ça n'existe pas, ces choses-là.

Je suis resté trois jours en observation. En faisant les cent pas dans le couloir, j'ai tout imaginé au sujet de Carla. Et je me suis souvenu de ses changements d'humeur qui faisaient tourner la couleur de ses yeux. J'ai pensé à joindre les autres. À en parler à Lise, à Emma ou Mathilde, pour les interroger. Je me suis ravisé : qui pouvait prétendre bien connaître Carla ? J'ai pensé à lui téléphoner et j'ai fini par le faire. Ma main tremblait sur le cadran, j'avais chargé la cabine de l'hôpital de quelques pièces d'un franc que ma sœur m'avait apporté, et mon cœur s'est tellement serré que j'ai cru que mes crises revenaient. J'ai essayé de respirer et je suis resté un moment avec le combiné en main. J'avais écrit son numéro sur ma paume, la fille des renseignements me l'avait dicté calmement. J'ai eu le courage d'aller jusqu'au bout, et j'ai laissé sonner un moment avant de tomber sur une voix. Je crois bien que c'est sa mère qui a décroché, je crois bien aussi que je la dérangeais ou qu'elle avait couru pour prendre l'appel. Sa voix paraissait essoufflée, la mienne ne voulait pas sortir, ça a duré un court moment, ça m'a semblé une éternité. Le blanc était couvert par le rire de Carla et les souvenirs de notre été. Même si les médicaments m'abrutissaient, je me débattais pour entretenir son image, j'avais si peur qu'elle disparaisse complètement de ma vie. Quand nos promenades s'estompaient dans mes souvenirs, je me concentrais pour les ressusciter.

Dans le souffle de sa mère à l'autre bout du fil, je pouvais respirer l'odeur de Carla. Je me suis vu tout lui dire, lui confier mes tourments, je l'ai entendue appeler sa fille, et me la passer, je nous ai vus nous parler à des centaines de kilomètres de distance et à la fin nous réconcilier. J'ai entendu Carla me demander pardon, et m'avouer son amour. Puis tout s'est arrêté quand l'infirmière m'a demandé ce que je faisais.

— Vincent, c'est écrit sur la vitre. Le téléphone est hors service depuis trois semaines. Il faut rentrer te reposer dans ta chambre.

Sous la lumière jaune de mon lit d'hôpital, je me suis vu partir, enfin fuguer, foncer vers la gare Montparnasse. C'est de là-bas que partent les trains pour Arcachon et la dune du Pilat. C'est là-bas que je me suis vu sauter dans le wagon et que je me suis caché pour ne pas me faire arrêter par un contrôleur. C'est de cette gare que je suis parti pour retrouver Carla.

En fonçant tout droit vers la mer, le bruit du vent me chantait :

Espèce de taré.

9

J'avais raté mon entrée en seconde, et alors que l'été glissait sauvagement vers l'automne, je cicatrisais de ce chagrin d'amour allongé sur mon lit, fixant la fenêtre de ma chambre. Carla s'incrustait dans de brefs rêves audacieux. Nous marchions encore sur cette plage ; les vacanciers avaient déserté l'immensité, le ciel tournait et se préparait pour la nuit, et j'emboîtais son pas monacal. Je me réveillais en sursaut. Mon corps ne se tétanisait plus, le lithium assouplissait mes rares muscles et surtout alourdissait mes paupières. J'avais ordre de rester au chaud pour récupérer pendant deux bonnes semaines avant de retrouver le chemin de l'école et cette vie creuse.

Je somnolais la première fois que François m'a téléphoné ; ma mère lui a demandé de rappeler, ce qu'il a fait. Je ne m'attendais pas à ce qu'un élève de ma classe se rende à mon chevet.

Il a débarqué vers 18 heures, avec sa grosse carcasse de joueur de rugby, sa patte folle, sa mèche et sa gouaille de petit banlieusard. Il est entré dans ma chambre en lâchant un « Salut mon pote ! » tonitruant qui a fait reculer ma mère d'un pas et trembler tous les murs.

— Alors, tu traînes encore en pyjama à cette heure-ci ? Allez, hue, feignant, je t'emmène faire un tour sur ma moto !

Devant mon air amorphe, François s'est ravisé.

— OK, on verra plus tard pour la balade. En attendant, vas-y, balance-moi le dossier. Qu'est-ce qui t'arrive ?

Je suis resté très vague, mais François a entendu l'essentiel, et tandis que je m'enlisais pour ne surtout pas trop en dire, il a coupé net mon explication et posé une grosse enveloppe sur mon lit.

— Et voilà le travail !

Il avait pris le temps de photocopier tous les cours que j'avais manqués depuis mon hospitalisation. Je feuilletais, aussi épaté que touché, le paquet de feuilles reliées et triées par matières. Il avait poussé la sophistication jusqu'à placer des intercalaires de couleurs transparentes pour les séparer. L'écriture était belle et appliquée, d'une régularité impressionnante ; les têtes de chapitres et les points essentiels étaient tous soulignés aux Stabilo rose et jaune. Je m'apprêtais à le remercier quand j'eus le droit à la vérité.

— T'emballe pas, mon vieux. Cette écriture, des cours aussi bien présentés, c'est signé, y a qu'une fille pour pondre un chef-d'œuvre pareil. Moi, je suis juste le coursier dans cette histoire. Tu permets ?

François a sorti une cigarette de sa veste, a ouvert la fenêtre de ma chambre et s'est étonné de la vue sur ce parking désolé cerné par les tours.

— C'est coquet, dis-moi…

Il a allumé sa Marlborough rouge et m'a fait signe de le rejoindre.

— Allez, lève-toi, ducon.

Et j'ai mis un pied devant l'autre pour aller tirer sur son filtre. J'avais la tête qui tournait et pour la première fois depuis longtemps l'impression d'être en vie au contact de ce nouvel ami. Il n'avait peut-être joué qu'un rôle de coursier mais avait débarqué chez moi avec une énergie de grand sorcier, une envie de vivre contagieuse qui me donnait celle de sourire à nouveau. Malicieux, il m'a avoué que c'était une idée de la rousse. La calligraphie de Delphine, sa façon unique de noter ses cours. La fille à la voix crémeuse avait donc pris sur son temps libre pour m'aider à ne pas décrocher si vite après la rentrée. J'ai cherché la trace d'un mot un peu personnel mais elle avait déjà tout dit en prenant cette initiative.

François m'avoua qu'il en avait profité pour se photocopier un jeu, la prise de notes n'étant pas son point fort, pas plus que les études.

— Tu sais, moi, après Noël, je me casse. J'attends juste une place dans mon école hôtelière et ciao la compagnie.

Depuis son accident, son agenda était bousculé. En le regardant s'allumer une autre cigarette, j'ai réalisé que j'avais affaire à un survivant. Après ce qu'il avait vécu, il n'était pas près de s'effondrer pour un chagrin d'amour et de partir en tétanie pour une fille rencontrée pendant les vacances d'été.

— Alors mon petit Roméo, on a mal à son petit cœur ? T'aimes bien te pourrir la vie, toi, hein ? T'aimes bien ? C'est ton truc ?

François se moquait de mon affaire, et m'envoyait au passage un bon coup de pied au cul.

Rien n'y faisait, j'avais toujours l'esprit dévoré par Carla et je me méprisais de ne pas être en état de ne plus avoir envie jamais de la retrouver.

— Tu sais, les filles, c'est pas si mystérieux. Le truc de base à piger, c'est que, avec elles, quand ça veut plus, ça veut plus. Quand c'est mort, c'est mort, quoi.

— Euh, oui, et ?

— Eh ben, ducon, ça sert à rien de courir derrière et encore moins d'y laisser sa santé de petit péquenot dans sa cité. C'est maso, ça ! Oublie, copain, tourne la page. Tiens, à propos… Tu trouveras de quoi te remonter le moral au fond de mon sac. Vas-y, jette un œil, c'est un cadeau de la maison. C'est le dernier numéro, s'il te plaît. Spécial palmiers. T'as vu l'engin ?

La fille en couverture de *Lui* étalait ses seins généreux. À califourchon sur un palmier, elle fixait dans le plus simple appareil l'objectif et, devant un coucher de soleil de carte postale, laissait éclater un sourire carnassier.

— Les marques de maillot, moi, j'adore, et toi ?

Qu'est-ce que j'en savais… Mon expérience des femmes se limitait à Carla, et je n'avais pas réfléchi à la question de savoir si je préférais l'amour avec ou sans marques de bronzage. François me laissa avec son magazine, sa série de photos érotiques et le tas de photocopies des leçons de Delphine.

J'ai ouvert le dernier tiroir de mon bureau et j'ai sorti de ma pochette mes brouillons. En relisant la somme de mes déclarations, j'ai pensé à ce que François aurait pu écrire. À ce que l'odeur de la mort peut laisser autour de vous juste après l'avoir frôlé.

Par la fenêtre, j'ai vu Carla s'éloigner sur le parking. Elle avançait sous une pluie fine le long d'une rangée de voitures.

Quand elle s'est retournée, j'ai tiré les rideaux.

Au téléphone, Delphine avait l'air heureuse de m'entendre. Je l'ai remerciée pour les photocopies. Elle m'a demandé si François m'avait passé l'autre info.

Lucile avait invité toute la classe pour son anniversaire. La fête qui s'annonçait samedi prochain avait des airs de boum.

— Ça serait bien de t'y voir, tu pourrais peut-être en profiter pour faire connaissance avec ta classe. J'espère que tu aimes danser.

10

La dernière fête à laquelle j'ai assisté remonte à juste avant l'été. Mon père avait fait la surprise à ma mère et invité des copains à danser pour leur anniversaire de mariage. Quand Maman est arrivée, elle est tombée des nues et je crois que je suis le seul à avoir remarqué que ça lui a coûté de masquer à tout le monde cette chose triste qui traversait depuis quelques mois son visage et qu'aucun éclairage ni aucun maquillage ne parvenait à camoufler. Elle a posé les mains sur son front pour dire « Oh, mon Dieu, quelle étonnante surprise », mais moi j'ai senti qu'entre ses pognes ma mère planquait la misère vite fait bien fait pour ne pas être prise en flagrant délit de tristesse et surtout ne pas avoir à s'en expliquer. Elle a vite basculé la tête en arrière pour rentrer ses sanglots à l'intérieur et quand elle a affronté l'assemblée, j'ai vu des larmes de la taille des perles de son collier couler sur ses joues. C'était tout autre chose que la surprise de mon père qui l'agitait, c'était l'ombre.

Mon père nous avait mis dans la confidence trois bonnes semaines plus tôt. Ma sœur lui a donné un coup de main pour organiser les choses aux petits oignons, prévenir les amis, lister les délices à ne pas oublier pour le buffet, réfléchir à la musique, à la décoration. Moi, je l'ai accompagné à la cave.

On a ressorti son ancienne malle.

C'est là qu'il avait rangé ses vieux spots lumineux et une boule à facettes d'un autre âge.

Je l'ai regardé rafistoler les luminaires et je l'ai aidé à les brancher de chaque côté du canapé.

Les rayons jaunes et bleus qui s'échappaient des spots en direction du plafond l'ont replongé dans de merveilleux souvenirs. Il n'a pas pu s'empêcher de me raconter ses premières boums, ses premiers baisers à des conquêtes aux prénoms souvent effacés de sa mémoire.

Et mon père m'a parlé de Sandrine, sa Carla, son premier amour.

Cette Sandrine vivait seule avec sa mère au dernier étage d'une résidence de banlieue. Et tandis qu'on tirait sur les rallonges, mon père ne s'arrêtait plus. J'ai même eu droit à la fois où il s'était rendu chez elle pour un exposé, un mercredi sombre de février où, dans sa chambre, l'enfance avait mué. Sandrine avait choisi d'afficher sur les murs des posters de groupes de rock en concert, et des photos en noir et blanc de plages désertes.

Tout est redevenu précis jusqu'au moment du premier baiser, sa bouche était une grotte à la douceur parfumée.

Là, j'ai essayé d'imaginer mon père avec toutes ces années en moins, en train d'ouvrir la bouche d'une fille avec sa langue. Elle était certainement mariée elle aussi, et peut-être vivait-elle dans un appartement de banlieue similaire au nôtre, en haut d'une tour de béton, face à un lac hanté par des colverts et un cygne blanc. Sandrine avait peut-être deux ou trois enfants de mon âge. Et je me suis posé la question : est-ce que la Sandrine de la jeunesse de mon père se rappelait de lui parfois ?

À quoi nous prépare un premier amour ?

Est-ce que Carla dans dix, vingt ou trente ans se souviendra de moi ? De notre été ?

Ou aura-t-elle tout oublié ?

Je me souviens précisément de cette scène. Quand ma mère a ouvert la porte, les invités ont surgi, autant de diables dans des pochettes-surprises et même les complices ont sursauté. Après avoir planqué son cœur, elle a transformé son regard en point d'interrogation, mon père a fendu l'assemblée pour la prendre dans ses bras. Elle s'est résignée, je crois, à ouvrir les siens à contrecœur. Quand ceux de mon père se sont refermés sur elle, elle a eu un mouvement de recul. Personne d'autre que moi ne l'a vu. Et j'ai gardé ce secret si fragile en tentant de ne pas trop y penser.

Je n'ai rien à mettre pour cette boum. Je choisis de m'habiller en bleu.

11

C'est ma mère qui m'a tiré du lit et de force m'a conduit jusque là-bas dans sa voiture toute déglinguée. Je devais aller de l'avant et m'amuser avant de reprendre les cours le lundi suivant. D'après elle, cette boum, c'était une occasion rêvée de retrouver mes camarades et de me familiariser enfin avec l'idée d'une année scolaire normale.

Tout le monde était déjà là quand je suis arrivé et bien excité sur la piste. Un parfum de transpiration flottait dans l'air. Au centre, François occupait l'espace et se mouvait pareil à un astre autour duquel des filles que je n'avais jamais remarquées chaloupaient sur *Bad* de Michael Jackson. Un dénommé Alexandre avait la lourde charge d'animer la soirée. Debout face à ses platines, le DJ scrutait la salle pour s'appliquer à faire décoller l'ambiance et tous nous faire danser. Au micro, il poussait de grands cris, lançait des slogans, donnait des noms, interpellait et ordonnait, entre deux morceaux, à tout le monde de rejoindre le centre de cette piste improvisée. Je me suis réfugié près du buffet, et j'ai fait tapisserie, entre deux filles qui ne se parlaient pas.

Delphine a foncé droit sur moi. Elle a tenté de me faire la conversation ; elle sautillait d'un pied sur l'autre en sirotant son Fanta orange.

Elle aussi s'était habillée pour l'occasion. Elle avait choisi une jupe à volants avec des pois assortis au ruban qu'elle portait, noué sur la tête. La rousse à la voix crémeuse avait un peu forcé sur le rouge à lèvres. Je fixais silencieux son petit nez en trompette.

Je n'entendais pas Delphine, la musique était beaucoup trop forte. J'essayais de lire sur ses lèvres, alors elle s'est rapprochée de moi en écarquillant les yeux.

Deux camps se sont formés, celui qui trépignait en attendant les slows et celui qui redoutait ce moment. Alexandre a cédé et donné le coup d'envoi des hostilités avec *Still Loving You* de Scorpion. François m'a ordonné de lâcher le buffet. Sur la piste, il a enfreint la loi du « quart d'heure américain », où les filles sont censées inviter les garçons à danser. Il a agrippé une blonde en oubliant de lui demander son avis et l'a pendue à son cou en riant.

D'autres duos les ont rejoints. Delphine m'a tiré par le bras et m'a entraîné sur la piste aux premières notes du deuxième slow : *Hotel California* des Eagles. C'était l'une des chansons préférées de ma mère.

Delphine a posé sa tête sur mon épaule et m'a serré super fort. Son corps se collait au mien, et dans le noir, je la revoyais : Carla qui courait en maillot sur la plage, Carla qui chantait sur son vélo, Carla autour d'un feu sous la voûte céleste, la chaleur et l'été qui brûlaient, le sable trempé, nous deux vers le soleil, le poison des souvenirs assassins.

Ce fut le slow le plus long de tous les temps.

J'étais en train de me remplir un gobelet de soda pour récupérer quand François s'est avancé vers moi et m'a posé la question :

— Alors ducon, elle est pas belle, la vie ? Éclate-toi un peu, Roméo. Tu connais la chanson ? Une de perdue, dix de retrouvées… Petit mytho, va.

François a sorti des bières de son sac en douce et on s'est assis sur deux chaises en Formica bleues.

— La vie est courte, mon pote. Trop courte pour les chagrins d'amour. Tu comprends ?

Je n'ai pas répondu à sa question parce que je n'osais pas. Puis je lui en ai posé une, car il en savait davantage sur la vie que moi.

— T'es déjà tombé amoureux ?

François entamait sa troisième bière.

— Moi, mon truc, c'est les vieilles. Pas les vingt-six, ou même les vingt-huit ans, les femmes de trente piges. Quand t'as goûté à ça, tu entres dans une autre catégorie, un club ultra fermé. Ton problème, ducon, c'est que t'es un petit branleur romantique de mes deux. Et aussi que tu te fais des films. Tu sais ce que je pense : ta Carla, elle existe que dans tes rêves. Et les rêves, mon pote, c'est pour quand tu dors.

J'étais médusé. Il ne parlait jamais de son accident de bateau. Tout juste m'avait-il raconté que son père l'avait foutu à l'eau juste avant l'explosion et qu'il avait nagé toute la nuit avant d'être récupéré à l'aube par des pêcheurs.

François n'était plus qu'une présence floue dans le brouhaha. Tout, dans la pièce, me démasquait. Tout le monde me traitait de mytho romantique. Mon histoire avec Carla ne tenait pas debout. Tout le monde le savait.

Alors je me suis levé, je suis sorti sur le trottoir devant chez Lucile, et, pour retrouver mes esprits, j'ai crié à la rangée d'arbres qui me faisait face et ressemblait à l'assemblée d'un tribunal :

— Je ne suis pas un mytho romantique ! Espèce de taré !

12

Tout est repassé au milieu de ma nuit. Une nuit invraisemblable. En m'endormant, j'ai repensé à cette boum, j'ai senti la main de Carla passer sur ma joue, derrière nous François buvait bière sur bière. Nous étions dans une église – une église transformée en boîte de nuit. Je me suis retourné et j'ai embrassé Carla sur la bouche pour lui démontrer que je n'avais rien inventé, que cette histoire était vraie, et quand j'ai approché mes lèvres pour les coller sur les siennes, je suis tombé et la boule à facettes de mon père a éclaté, et j'ai entendu la foule compacte qui dansait hurler : « Espèce de taré ! »

Je me suis réveillé en sueur avec l'impression de dégringoler dans le vide, et je me suis mangé une énorme crampe au mollet. J'ai allumé ma lumière et attrapé mon réveil, il était presque 5 heures du matin. Je suis allé à la fenêtre regarder si le jour se levait ; personne ne traînait sur le banc face au parking de la résidence. C'était juste avant que la vie revienne, l'obscurité finissante, un entre-deux, et je me suis senti seul. Alors j'ai attendu un peu de compagnie, que les aiguilles fassent leur travail, que ma maison se réveille, que ma sœur prenne sa douche avant moi en écoutant un tube horrible de Michel Sardou à la radio. C'était une maladie, dans cette famille. Le matin, tout le monde écoutait la radio. Le matin, trois postes résonnaient pour tout savoir et ne rien rater.

Mon père a hurlé dans toute la maison. Il venait d'apprendre la mort de Lino Ventura. Une crise cardiaque à soixante-huit ans. L'un des acteurs préférés de ma mère, que les hommes forts au sourire rare intriguaient.

Je n'oublierai jamais ce 22 octobre 1987.

Ce jour-là, le fantôme de Carla a desserré mon cœur.

J'allais pouvoir vivre à nouveau à défaut de m'aimer un peu.

Je n'avais pas fini d'avoir mal.

C'est qu'il m'en a fallu, du temps, pour apprendre, mon garçon.

Troisième partie

My boy

1

Le parking de la station-service est presque vide. Marcus me fixe dans le rétroviseur. A-t-il dormi ou fait semblant ? Le souvenir de Carla a disparu quand j'ai coupé le moteur.

Que dirait mon fils s'il savait ? S'il pouvait errer dans mes pensées ? Oserai-je lui avouer pour de bon le terreau duquel j'arrive ?

J'aimerais surtout le prévenir des choses du cœur.

Mais qu'est-ce que j'y connais ?

J'ai passé trop de temps à imaginer ma vie et à faire semblant, j'ai si souvent laissé croire à Florence que je dormais, alors que j'étais ailleurs. Je connais ces fugues immobiles. Je sais aujourd'hui qu'elles ne rendent pas heureux. Ne pas dire les choses, c'est mourir à petit feu en attendant que l'autre vous achève. On ne se tue pas par amour, Marcus, on sombre par désintérêt de soi et on atterrit un soir sur le parking d'une station-service avec un enfant qui ne nous connaît plus.

Lui parler, je dois lui parler. Comment ? C'est toute la question.

Je demande à mon fils s'il veut boire quelque chose. Il tourne la tête vers la vitre et commande à voix basse un Coca. Je tends l'oreille pour qu'il répète, il s'exécute en articulant exagérément.

— Un-Co-ca-Pa-pa-s'il-te-plaît.

— Monsieur souhaite-t-il pisser ?

— Non, c'est bon.

Je sors de la voiture, rattrapé par une rafale de vent, je remonte le col de mon blouson pour me protéger. J'ai froid dans cette nuit hors saison.

J'attrape sa canette, cherche à améliorer l'ordinaire au rayon gâteaux. Ce voyage est le carême de la communication ; nous allons peut-être rompre le jeûne du verbe et arriver à échanger plus d'un mot – un peu de sucre sur le bout de la langue pour la délier ne fera pas de mal.

Tout dépend de moi, je le sais.

Je me pose mille questions devant les saloperies de gâteaux, bonbons et autres pâtisseries sous vide. À quoi pense-t-il ? Que ressent-il ? Granola ou Pépito ? Dragibus ou Caramsac ? Je cherche, vise la bonne tablette de chocolat, le bon paquet, mais j'ignore ses goûts. Je ne connais plus mon fils, alors ses préférences en matière de junk food… Je ne sais plus rien de lui. Quelle est sa couleur préférée ? Le plat qu'il aime au restaurant ? Son film favori ? L'acteur à qui il aimerait ressembler ? L'actrice qu'il aimerait embrasser ? Le pays qu'il aimerait visiter ? La ville où il aimerait fuguer, et pourquoi pas y vivre un jour ? Quel genre de musique écoute-t-il dans son téléphone ? Combien d'argent de poche lui donne sa mère ? Est-ce qu'il aime les livres ? Lesquels a-t-il déjà lus ? Est-ce qu'il parle un peu anglais ? Est-ce qu'il joue au foot, à quel poste ? Est-ce qu'il a une console de jeux à la maison ? Est-ce qu'il aimerait faire une partie avec moi ? Est-ce qu'il est encore amoureux de cette fille ? A-t-il voulu se tuer à scooter pour son histoire d'amour ou n'était-ce qu'un simple accident ? De quelle couleur était son foutu deux-roues ? Que prend-il au petit déjeuner ? À quand remonte son premier souvenir avec moi ? Est-ce que beaucoup d'autres parents n'ont pas la réponse à ce genre de questions ?

Est-ce que beaucoup de parents se les posent parfois ?

J'attrape au hasard une boîte de Pim's à l'orange et un paquet de M&M's. À la caisse, deux femmes prennent leur temps devant moi, elles refont le monde avec l'employé, digressent et tendent enfin leur carte bancaire.

Je me demande à quoi ressemble la vie de Carla aujourd'hui. Est-elle mariée, divorcée, mère de famille, célibataire, heureuse ou juste vivante ? Que deviennent nos premiers amours ? Comment nous forgent-ils pour l'après ? Comment font ceux qui ne brisent aucun lien ?

J'aperçois Eden au bord de la piscine. Mon moniteur s'accroupit et m'encourage.

— C'est bien, Vincent, on continue. C'est ça, respire, pense à tes jambes, tends tes pointes de pieds. Voilà, champion. Tu sais, le premier amour ouvre une porte, et un jour on finit par voler de ses propres ailes.

Écoute ton cœur faire le bien.

Fais le bien encore et encore, et tu sentiras venir à toi la joie.

2

J'ai mis dans le mille avec mon supplément Pim's à l'orange-M&M's.

Marcus a manifesté sa joie et sa reconnaissance. Il m'a épargné une phrase entière, mais a lâché le mot « cool », et j'ai trouvé ça positif en reprenant le volant. Il a eu l'air heureux et je me suis vu l'entendre rire, et tout me raconter d'un coup en buvant son Coca et en fusillant les M&M's. Oui, dans cette vision, mon fils me parlait, et plus il me parlait, plus je souriais pour l'encourager, j'étais Eden sur le bord du bassin. Marcus riait fort, très fort, et chialait aussi en me déballant son histoire. Son amour avec cette fille, sa première fois avec Lisa, et sa tentative de revivre après ça, après cette première rasade de bonheur, cette ivresse de joie pure, cette drogue dure. L'amour la première fois.

Alors sa voix s'est dressée et les mots sont devenus des détonations, le feu a cogné dans l'habitacle. Oui, j'ai vu mon garçon me sourire dans ce feu d'artifice.

Oui, je l'ai vu.

J'ai entendu son rire, sous ses larmes encore chaudes.

Ça a claqué d'un coup sec.

Une autre détonation a interrompu ma vision et m'a ramené à la réalité, à cette route, au mur de Marcus.

Il en a renversé sa canette. Le coup de volant brutal nous a déportés et la voiture a pilé devant la barrière de sécurité.

Je me suis retourné pour être sûr que tout allait bien. Marcus a repris ses esprits et a arraché ses écouteurs.

— Qu'est-ce qui s'est passé, là ?

— On a crevé, mon garçon.

3

Marcus a baissé le regard vers son téléphone. J'ai sorti la roue de secours et, le cric dans la main, j'ai pensé à Florence, à sa passion pour la mécanique. Quand nous nous sommes mariés, c'est elle qui connaissait ce genre de choses, pas moi. On avait crevé lors d'un voyage en Italie en roulant sur une route bordée de grands arbres, entre San Gimignano et Sienne, et ça l'avait fait sourire de réaliser à ce moment-là que l'homme qu'elle avait épousé, le futur père de son enfant, était loin d'être un bon mécano. Elle s'était remonté les manches et avait donné sa leçon : serrer le frein à main, enclencher une vitesse, retirer l'enjoliveur, desserrer les boulons dans le sens inverse des aiguilles d'une montre sans les retirer tout à fait, positionner le cric sous l'encoche prévue à cet effet.

— Regarde : le cric doit rester droit, ne surtout pas pencher. Pigé ? Ensuite, tu soulèves. Tu fais gaffe, mon amour. La roue de secours est gonflée, donc tu lèves la bagnole jusqu'à ce que la roue ne touche vraiment plus le sol. C'est bon, tu l'as ? Ensuite, tu places la roue sur l'essieu et tu resserres une première fois les boulons. Et après seulement tu fais descendre la voiture et là, seulement là, tu visses à mort. Et voilà ! Trop forte, ta femme, non ? Gros veinard !

Des années plus tard, sur la bande d'arrêt d'urgence de cette autoroute entre Paris et Arles, j'ai l'impression que Florence m'accompagne. La mère de mon fils veille sur nous. La mère de mon fils nous protège dans notre expédition. Florence est un ange gardien.

Ça me fait sourire de penser ça.

Ça lui ferait les pieds à mon ex-femme de passer le reste de sa vie à voler au-dessus de nos têtes.

On revient toujours à l'amour.

Est-ce que l'amour est un châtiment divin ? Parfois, c'est encore pire que ça.

Je claque le coffre.

Marcus a remis ses écouteurs.

Nous reprenons la route. J'appréhende à cause de ce nouveau pneu. Combien de temps puis-je rouler avec ça ? Aucun garage ne travaille la nuit.

La nuit, la vie se tait.

Dans quelques kilomètres je me renseignerai dans une station-service. Ils doivent avoir l'habitude de ceux qui crèvent dans ce genre d'endroit.

C'est idiot d'être inquiet pour si peu. Mais j'ai peur de cette voiture.

Je surveille Marcus dans le rétroviseur. Le lait sur le feu s'en bat les couilles d'à peu près tout, on dirait. Il est encore sur son foutu téléphone, les oreilles obstruées par ses écouteurs. Peut-être entend-il le fond de mon inquiétude ?

J'aimerais être en mesure de le rassurer. Je voudrais qu'il puisse s'asseoir à côté de moi, que nous roulions en fixant la route côte à côte, deux hommes qui s'épaulent et se parlent pour ne pas s'endormir. Nous ferions de ce trajet une veillée. Tout est plus simple quand on roule côte à côte ; on peut même renouer sans se regarder.

J'ai tant de choses à te dire, mon garçon.

Il est temps que j'arrête de me trouver des excuses.

Qu'en dis-tu, Marcus ?

Florence me l'a souvent répété :

— Tu devrais apprendre à parler, mon amour. Parce qu'à l'intérieur de toi, je sais que ton cœur gronde.

Florence et ses formules, Florence et la déflagration.

Elle a passé des années à tenter d'abattre la paroi. Elle m'a patiemment aimé derrière mon mur, elle a même réussi à m'apprendre à desserrer un peu ce cœur. Toujours quelque chose à l'intérieur freinait, la certitude qu'en dire trop appelait aux orages, à la foudre et aux effondrements.

Je l'ai appris à mes dépens, quand Florence a choisi de nous arrêter : se taire convoque bien d'autres ombres, des ombres encore plus effrayantes.

Aimer nous rend milliardaire, en joie et en emmerdements.

Qu'ai-je eu le temps de dire à mon fils, de lui apprendre et de lui transmettre ? De quoi se souviendra-t-il quand il aura mon âge ?

Que lui ai-je donné en quinze ans ?

Qu'ai-je fait de son enfance ?

La main sur sa tête, je le guide dans la contre-allée. Marcus est fier sur son nouveau vélo. C'est un vélo gris, un vélo tout-terrain. Il a lui-même exigé que je lui retire ses petites roues, et je le tiens pour ne pas qu'il tombe. Marcus pédale droit. Oui, mon garçon, j'étais là ce jour-là, et des tonnes d'autres fois avant, pour tes premiers biberons, tes premiers mots, tes premières chutes et tout ce qui a suivi, ton entrée à l'école, tes fêtes d'anniversaire, tes dessins, tes spectacles de fin d'année, tous ces étés qui sans attendre se métamorphosaient en hivers. J'étais là.

Où sont rangés nos Noëls dans tes souvenirs ? Te souviens-tu des décorations suspendues, de ta main dans la mienne devant la vitrine des grands magasins, de l'odeur des marrons grillés, de ta joie au pied du sapin, de notre vie ensemble ?

J'étais là, et si absent pendant ces années.

Certains pères sont toujours trop occupés par leur travail, trop occupés à devenir, trop dévorés par cette incapacité à être vraiment là, toujours le nez vers les souvenirs, les deux mains tournées vers demain.

J'étais de ceux-là. Jamais à toi, jamais totalement abandonné à ton enfance, seulement parfois agenouillé à tes côtés, pour construire toujours l'esprit ailleurs un Lego, te lire des histoires que je ne retenais pas, jouer à faire semblant d'être mort sous les coups de tes sabres laser.

Ne te leurre pas, mon garçon, la vie, une fois adulte, fait semblant d'être importante ; seule l'enfance compte vraiment.

Ça me revient.

Je l'ai découvert bien après : le jour où j'ai appris à faire du vélo, mon père aussi était là. Ma mère, elle, avait déjà disparu dans les bras d'un autre homme.

Maman réapparaissait quand ça lui chantait et nous devions faire avec ça.

Oui, mon garçon, je le sais, ma mère c'est une autre histoire.

4

Je t'ai écrit des lettres pendant nos absences. J'en ai toute une collection dans un tiroir. Je te les donnerai peut-être un jour. Est-ce que ces mots couchés sur le papier changeront la vision que tu as de ton père ? Je ne cherchais pas à me racheter, je cherchais à te joindre autrement. Je m'y suis raconté, et t'ai confié mes secrets. Écrire, c'est parfois mieux que parler. Enfin, ça dépend. En fait, non.

Disons que c'est le seul moyen que j'ai dégoté pour être un père.

Les mots ne sortent toujours pas dans cette voiture, les mots sont coincés dans ma gorge. Tu pourrais retirer tes écouteurs, merde à la fin, Marcus !

Ses lèvres remuent, ses mains battent la cadence. Mon fils chante et sa voix ne vient pas jusqu'à moi, comme si j'étais dans cette piscine. Les lèvres de Marcus sont les lèvres d'Eden. J'ouvre les fenêtres, j'ai besoin d'air.

Eden me chuchote à l'oreille. Mon maître-nageur me berce.

— Champion, on est ce que l'on pense. On attire ce que l'on ressent. On crée ce qu'on imagine.

Il a raison, mon garçon.

J'aimerais savoir pour le scooter. Depuis quand roulait-il en deux-roues ? Depuis que j'ai envoyé de l'argent ? Je le jure, j'ignorais qu'il serait utilisé pour ça. J'ai transféré ce fric sans raison. Ça m'a pris, un soir, après avoir touché une prime pour un lot de trois maisons en bois négocié par le cabinet, de jolies maisons de vacances perdues en pleine nature. J'aurais aimé y partir avec lui, lui montrer. J'ai viré ces trois mille euros pour Marcus sur le compte de sa mère sans un mot, juste ce libellé :

« Cette somme est pour notre enfant. »

Pourquoi sa mère a-t-elle donné son feu vert ? Je n'ai pas été invité à cette prise de décision.

Quel était le modèle ? Quelle était la couleur de ce tas de ferraille ? J'ignore tout. Est-ce que Florence l'a accompagné pour le choisir ? Avec qui est-il allé l'acheter ? Le type qui m'a remplacé ? Son beau-père du moment ? Il faut se méfier de ces pères d'occasion. Les beaux-pères sont souvent moches à l'intérieur, ce sont des saisonniers de l'amour, ils se moquent des mioches dont ils ont hérité et cherchent presque toujours à s'en débarrasser.

Où suis-je passé pendant ces deux années ?

J'ai disparu.

L'argent tue à petit feu, celui-là aurait pu le tuer sur le coup.

Quel genre de père se comporte ainsi ?

Ceux qui un peu ivres espèrent se racheter une conduite et se réveillent un matin avec la gueule de bois.

Je ne suis plus aussi stupide. Ce n'est pas compliqué, remarque. On ne va pas refaire l'histoire, mon garçon, mais revenir à nos moutons, au présent, à nous deux, enfermés dans cette voiture, muets, deux carpes sur cette autoroute.

La nuit nous prive des plus beaux paysages. Les essuie-glaces ont du mal à évacuer l'eau. La pluie assomme le pare-brise. Si je ferme les yeux, je nous tue.

J'aime ta tête de petit con muré dans ses écouteurs. Le nez sur ton foutu téléphone, qu'espères-tu ?

Que faisons-nous sur nos écrans ? Attendons-nous un message de Dieu ? De simples mots d'amour ? Mais sommes-nous aimables ?

Nous avons tous les culots.

Est-ce que sa mère lui a écrit depuis que nous sommes partis ? Combien de messages a-t-il reçu ? Que ressent-il quand il voit « Maman » s'afficher sur son écran ?

Depuis que ma mère est morte, elle me manque. Quand elle était en vie, je voulais la voir morte. Il convient d'être prudent avec les sortilèges.

Tu veux bien, mon garçon ?

Apprendre est le plus précieux de tous les biens qui nous sont donnés. On ne termine jamais notre apprentissage. Qu'as-tu appris de ta chute ? Dis-le-moi, Marcus, que tout cela n'est qu'un simulacre, que ce n'était pas une tentative de suicide. Dis-le-moi, mon garçon, que tu n'as pas sérieusement envisagé d'en finir à cause de cette fille. À cause de Lisa. Lisa les yeux verts.

Dis-moi, mon garçon, que tu sais enfin l'essentiel.

Un amour sans l'amour de soi ne fonctionne pas.

5

Mon père me regarde de biais. Je sens sa présence à mes côtés. Il a pris la place du mort sur le siège passager. Il se tait.

Mon père n'a jamais plus parlé après mes seize ans. Il a attendu que ma mère lui revienne. Homme sans parole, il a aimé sa femme et sa route, accepté ses choix jusqu'au bout de sa destruction dans les ténèbres de la résignation. Et même après.

Parle-lui, toi, Papa. Explique à Marcus ! Il est temps de faire pour lui ce que tu n'as pas su faire pour moi.

Papa ? Je sais que tu es avec nous dans cette voiture sur cette autoroute pour une seule raison. Balancer le dossier, toute l'histoire.

Chien fidèle de l'infidélité, je te présente ton petit-fils. Tu n'as pas eu la joie de le connaître, tu es mort bien avant. C'est presque un homme à présent, ce petit con, calfeutré à l'arrière de cette voiture dans sa doudoune trop large, les orbites jusqu'au sang sur son téléphone. Regarde-le dans le rétroviseur, il est beau, n'est-ce pas ?

Ce môme, c'est mon fils, c'est ton petit-fils.

Tu devrais te lancer. Tu refuses ? Alors je vais lui dire ce que tu ne m'as pas permis d'apprendre suffisamment tôt pour réussir ma vie. Je vais lui transmettre au moins ça. Que tu as failli à être heureux et à me rendre heureux par omission de vérité.

Je ne veux pas te juger, non. Je n'ai pas le temps pour un procès. Mais le maniement des armes s'apprend jeune.

Marcus, écoute, ton grand-père va prendre la parole. Ha ha ha ! C'est une première. Il s'en passe, des choses, décidément, ce soir. C'est le grand soir.

Mais non, point de lever de rideau ; non, il ne dira rien. L'amour lui a cousu la bouche avec du barbelé. L'amour lui a tranché la langue, et la peur a terminé le boulot.

Mon père est le fantôme de notre huis clos. Nous sommes entre hommes, tous trois convoqués à ce bain de minuit. Et puisqu'il te refuse ce cadeau, je vais te dire, mon garçon, t'ouvrir l'horizon. T'être utile. Pour une fois.

Ma mère s'est tuée par désamour de la vie et la vie l'a quittée.

Ta grand-mère a choisi de mourir, le lendemain de leur anniversaire de mariage. Un an après la fête surprise, quand, les mains sur le visage, elle avait dissimulé sa tristesse et simulé l'étonnement jusqu'au départ des derniers invités... Ma mère s'est tuée, trois petits mois avant un énième Noël en famille.

Je l'ai trouvée à la cave.

Mon père a tu son malheur et ne m'a jamais consolé.

Nous n'en avons jamais parlé.

Nous sommes restés avec ça.

La mort de ma mère entre nous.

Son corps encore chaud dans mes bras.

Mon garçon, tes racines sont rongées par la désolation et je veux le crier sous ce toit : rien n'est plus merveilleux que la vie à condition de ne pas oublier de la vivre.

Entends-moi bien. Comprends-moi bien : tu aimeras davantage et tu aimeras mieux si tu serres ce trésor contre toi.

Tu verras.

J'ai compris en nageant.

Au contact de l'eau, tout devient clair. Mais j'ai réalisé quand j'étais déjà vieux. J'en ai perdu, du temps.

Mon fils, ne sois pas un mendiant, sois un prince. Tu n'as besoin de personne pour te sentir enfin complet ; le seul avec qui tu dois vivre pour avancer comme dans le couloir d'un bassin, c'est toi. Juste toi. C'est cet amour de soi qu'il faut respecter pour ne plus jamais se noyer – aimer les autres sans rien en attendre en retour, sans condition.

Tout affronter, tout supporter, tout transformer.

Aimer juste, c'est comprendre ça.

Eden, en m'encourageant, a même eu cette phrase :

— Vincent, la façon dont on se parle affecte les relations que l'on a avec son prochain. Alors, écoute-moi, sois doux avec toi-même quand tu ressors furieux de l'exercice.

Ces mots de Champion sur le bord, je ne les oublierai pas.

— Champion, il y a deux choses à se rappeler dans la vie : prends soin de tes pensées quand tu es seul, prends soin de tes mots quand tu es entouré. Respire et respecte-toi. Crois en toi.

Marcus, on passe sa vie à attendre qu'un autre vienne nous aider à nous sentir aimés, puis, quand cet autre entre enfin dans notre vie, on devient terrifié à l'idée qu'il puisse nous abandonner. Alors, pour limiter ce risque, on est prêt à tous les compromis, même à se taire, à changer ce que nous sommes pour devenir un autre. Nous devenons complices de notre propre destruction. Il n'y a pas de meilleur moyen pour se perdre.

Trop de gens qui ne s'aiment pas se tuent à prétendre à l'amour. Je suis le fils de mon père. J'en sais quelque chose. Avec Carla quand j'avais ton âge et jusqu'à ta mère, pas une seconde je n'ai pris la peine de m'aimer, d'écouter mes besoins, et j'ai passé ma vie à exiger qu'une femme m'aime pour deux. Le départ de ta mère m'aura au moins enseigné une chose : chacun est responsable de son propre bonheur. Le reste…

Si tu intègres ça, tu n'auras jamais à te retrouver dans ma situation, à être obligé de changer qui tu es pour être encore un peu sûr d'être aimé par la mère de ton fils juste avant qu'elle s'en aille avec un autre.

Tu ne ressembleras pas aux hommes de ta famille, et tu seras libre d'être qui tu es.

Tu n'auras jamais rien à regretter.

Mon garçon, le cœur grand ouvert sur la vie est un aigle.

6

Mon père a dû s'endormir, à moins qu'il ne soit descendu en route. Les fantômes sont les rois du contre-pied, on ne peut rien prévoir avec eux. Il reviendra, il revient toujours. Même dans l'au-delà il attend encore sa femme. Mon père est mort dix ans après ma mère, d'un arrêt du cœur. Son cœur était la lumière de son étoile morte. Je me souviens que, le jour de son enterrement, Florence m'a aidé à nouer ma cravate. On venait de se rencontrer. On est vraiment solide au début d'une histoire, prêt à tout, même à fleurir la tombe d'un veuf dont on ignore presque tout.

Parfois, je me demande ce que ma mère aurait pensé de Florence. Et puis j'oublie cette idée.

Ma mère ne me parlait pas plus que mon père. Elle chuchotait, enfermée dans sa chambre.

Pendue à son téléphone, elle s'entretenait avec ses amants pendant des heures. Elle était amoureuse de l'amour que les hommes lui vouaient.

Une nappe de brouillard mure soudain l'autoroute. Un camion est en warning.

J'ose un coup d'œil dans le rétroviseur.

Un autre garçon que Marcus est assis à l'arrière.

C'est moi. J'ai quinze ans et le visage balafré par Carla. Je pense à elle à la fenêtre de sa chambre, aux pieds du matin naissant, au rideau qui se referme, aux pommes de pin que l'amour jette sur les carreaux de l'enfance, aux tirs de mortier de l'espoir lorsque tout advient et que l'on ignore encore la sauvagerie qu'implique un cœur qui bat pour une autre. Mes mains en porte-voix, j'interpelle mon père :

— Papa, ça veut dire quoi, aimer ? Papa, pourquoi ça fait si mal ? Papa, pourquoi Carla ne veut pas de moi ? Papa, et Maman ? Pourquoi a-t-elle besoin de partir si souvent et de parler des heures au téléphone dans sa chambre à voix basse ? Papa, pourquoi tu pleures en attendant devant la fenêtre que ta femme revienne à la maison ? Papa, pourquoi est-ce que je te ressemble autant ? Papa, est-ce que Carla va revenir ?

Ma voix vers mon père erre, se perd, et mon père, ce mystère, ne me répond pas. Il est toujours aux abonnés absents.

Sur la banquette arrière, j'ai cet âge où tout repose sur une seule certitude : l'unique prétention de l'adolescence est la conviction de se croire éternel. L'homme que je suis devenu retrouve enfin son âme d'enfant. J'en prends conscience en transperçant la nuit.

Mon garçon, les enfants passent leur vie à se cacher dans des corps d'adultes. Les adultes qui ne savent pas prendre soin des enfants qu'ils ont été sont condamnés au plus grand malheur, la crucifixion de leur insouciance.

L'homme que je suis devenu fixe l'enfant que j'étais dans le rétroviseur. Il m'envoie un sourire complice et m'interroge :

— Que dirait Carla si elle nous trouvait là ?

Et moi je lui réponds :

— Que dirait Florence ?

7

Mon ex-femme nage dans le couloir de ma piscine. Elle nage mieux et beaucoup plus vite que moi. Eden est accroupi au bord et l'encourage. Elle sort la tête de l'eau pour reprendre sa respiration, et repart. Eden tape dans ses mains.

— Florence, n'oublie pas cette clé : l'équilibre de la relation amoureuse, c'est la liberté. Plus tu étends la liberté de celui que tu aimes, plus tu limites les risques de le perdre, et plus tu ouvres la porte à une connexion profonde et plus grande. Dans un couple, les deux doivent se sentir libres. Est-ce que je suis clair ? Tu repars pour dix longueurs, mon trésor. Allez, Florence ! Fonce ! On ne lâche rien ! Tu sais, quand chacun est responsable de son bien-être, ça change tout. Regarde ta vie avec Vincent. Ça te fait rigoler ? Sois gentille, on ne tire pas sur les ambulances. On respecte le père de son enfant pour la vie. Allez,

Florence, accélère ! Et répète après moi dans ta tête : attendre que l'autre corresponde à ce que l'on veut au lieu de l'encourager à suivre son cœur, c'est le condamner au malheur. Pousser l'autre à ce qu'il veut, c'est assurer son bonheur et le nôtre par la même occasion. Changer pour faire plaisir à l'autre ne mène qu'à la frustration et au feu des rancunes tenaces. Florence, tu vas finir par piger ce que Vincent n'arrive toujours pas à imprimer. On n'est pas là pour le juger. Plus on pousse l'autre à être libre, plus il est heureux de rester là. C'est tout le paradoxe. Autre chose : on peut poser des limites sans se sentir coupable, c'est même fortement conseillé. Dis-le à ton fils aussi. Dire oui en pensant non, c'est se trahir, et se mutiler. Florence, la clarté est le carburant de l'harmonie. C'est tout pour aujourd'hui. Je suis si fier de toi.

J'ai visé l'aire de repos. Je dois m'arrêter. J'ai besoin de me dégourdir les jambes, et Marcus a une envie pressante.

On va pisser, mon garçon, et se fumer une cigarette.

Tu clopes un peu en cachette, n'est-ce pas ?

8

Le gras du brouillard se délite. Un lampadaire envoie un filet de lumière, les phares de la voiture fendent le décor jusqu'aux champs désolés. Des arbres nus ploient et dessinent un théâtre d'ombres sur le rideau d'une nature ordinaire et figée. Il n'y a pas âme qui vive, juste deux camions garés en épi. Sur le flanc des engins, l'ironie est écrite en gras : « Père et fils transport ». Un signe ?

J'ouvre la porte arrière et aide Marcus à s'extraire. Les sanitaires sont à quelques sauts de béquilles, il n'attend pas pour se soulager et vise un carré d'herbe trempé. Au-dessus de sa tête, un morceau de lune se détache d'un ciel emmuré de nuit noire ; quand on insiste un peu, quelques étoiles cherchent à poindre. Le temps qui s'annonce se passera sûrement de soleil, pas nous.

Je pisse avec mon fils et lui tourne le dos. Je pourrais lui raconter que je me suis vu à sa place au même âge, je pourrais lui confier au moins ça, mais Marcus me prendrait pour un fou, peut-être à la manière de Carla dirait-il aussi que je suis « taré ».

Je me suis vu, je le jure, à quinze ans. L'enfant que j'étais et l'adulte que je suis n'ont pas eu besoin de s'étendre pour se rendre compte que rien n'a changé.

Nous avons passé si longtemps à aimer de travers que nos amours nous hantent pour la vie, après ça.

Je retourne à la voiture chercher mes cigarettes. Malgré une vie à arrêter de fumer, j'ai toujours un paquet de secours. Un paquet de fines blondes, et un briquet bleu à l'intérieur. Personne ne fume au Canada, sauf moi, parfois, sur le trottoir d'une ruelle quand j'ai besoin de me cacher, une planque à deux pas de chez moi.

Marcus ne s'est pas fait prier, il a piqué un clope dans le paquet, et je lui ai tendu mon briquet. Il a posé sa main sur mon poignet et j'ai trouvé ce geste émouvant en respirant un peu de sa chaleur. Depuis combien de temps n'avons-nous pas été aussi proches ? Il a reculé d'un pas, faon effrayé, et s'est retourné pour fumer adossé à sa portière. Au cas où l'idée me viendrait de partir sans lui ? Je souris en imaginant cette scène : un père abandonne son garçon au milieu de nulle part sur une aire d'autoroute dans les plis humides de novembre.

Je ne suis plus là depuis longtemps, mais je ne repartirai pas sans toi, mon garçon. Dans quelques heures à peine, je te conduirai à destination, dans la maison de ton enfance, chez ta mère en terre camarguaise. Nous ouvrirons la porte ensemble, et je te ferai un café en attendant un autre jour et le jardin des possibles.

J'ai à peine eu le temps de sentir son ombre approcher que sa main a déjà touché mon épaule. Un des chauffeurs est descendu de son engin pour me demander une cigarette. J'ai cru un moment que François était revenu dans ma vie, que mon copain de classe se pointait avec sa mèche et sa patte folle, j'ai cru que c'était vraiment lui et qu'il allait me prendre dans ses bras.

C'est un routier qui me prévient pour la voiture :

— On dirait que vous avez crevé, vu la roue de secours à l'avant. Faites gaffe de ne pas rouler trop longtemps. Vous allez où ?

— Arles.

— Arles ? Il vous reste un petit bout. Vous avez de la chance. Si vous ne ratez pas la sortie dans trente kilomètres, alors vous tomberez sur l'une des seules stations-service de France qui pourra vous remplacer ça en pleine nuit. Et d'ici là, ne roulez pas trop vite. C'est pas le moment de se retrouver en rade. Merci pour la cigarette.

Et puis François est resté avec moi. Il a avancé d'un pas, comme il le faisait dans la cour de récréation, me donnant l'impression qu'il allait me rouler dessus avec sa carrure de rugbyman. Il s'est avancé et m'a posé son index sur le cœur avant d'articuler en fronçant les sourcils :

— Tu vas lui parler quand, au gamin ? Tu l'as vu, ton fils ? Oh, regarde-le, putain, Vincent ! Tu vois pas qu'il attend qu'une chose ? Oh, tu vas pas le laisser se branler toute la nuit sur son portable ! Merde ! Tu crois quoi ? Que les gosses sont sur leurs écrans pour se remplir le cerveau ? Ils sont sur le machin parce que les parents ne prennent plus le temps d'avoir de vraies conversations avec eux. Je veux dire…

— Tu veux dire que t'as pas d'enfant, donc c'est facile pour toi de prendre tes grands airs et de me balancer des phrases toutes faites.

— Je t'emmerde, Vincent. Et je te le dis : ne rate pas le coche sur ce coup-là, prends Marcus dans tes bras, et parle-lui. Il n'est jamais trop tard pour être père. Tout le monde porte en lui les séquelles de ses erreurs et il n'est pas question de les laisser nous gangrener. Tu savais ? Ne pas prendre conscience de ses peurs empêche de vivre ce que nous désirons vraiment. Vincent, arrête de te raconter des histoires. Avance, ducon, avance avec Marcus.

Espèce de mytho…

9

J'ai suivi les bons conseils du routier. Je roule au ralenti pour ménager la roue de secours. Trente kilomètres jusqu'à la prochaine station, une éternité. La nuit s'éclaircit, on dirait que l'aube est à l'échauffement au bord de la pelouse, elle porte encore son dossard. C'est un leurre. Il existe tant de variantes, l'obscurité a son propre nuancier. Marcus a enfin lâché son portable, il a collé sa tête contre la vitre et plongé dans le vide. À quoi ressemble sa rêverie ? Enfant, je restais des heures ainsi, jusqu'à ce que les paysages se transforment en rayures, et que la voix des parents à l'avant se mélange à celles des programmes radio préférés de mon père.

Ma sœur finissait par me secouer et me sortait de mes contemplations.

Marcus a-t-il aussi cette habitude ? Connaît-il les fugues immobiles ? L'expérience de sortir de mon corps m'a toujours réconforté.

Quand il était bébé, je le prenais le soir dans mes bras pour l'endormir, on écoutait en boucle *My Boy* d'Elvis Presley. Je pouvais lui chanter le refrain très longtemps.

Because you are all I have my boy
You are my life, my pride my joy
And if I stay, I stay because of you my love.

Sa mère vaquait à ses occupations, puis s'interrompait quelques secondes pour nous rejoindre et Florence aussi chantonnait l'hymne à l'amour d'Elvis Presley avant de retourner à ses prérogatives, en nous noyant sous son sourire.

J'ignorais alors que ce genre de routine est la base d'un bonheur simple. Partir, revenir. L'amour est un aller-retour permanent entre des petits gestes invisibles, la douceur d'un sourire échangé, une main posée sur une épaule, un baiser furtif, des milliers de gestes, tout un arsenal. On ne s'en rend compte qu'après, lorsque l'autre a retiré sa mise pour parier sur une autre vie. Le bonheur ne dit jamais son nom au présent. Le bonheur est trop occupé pour se signaler. Le bonheur est un piège à doux, que l'on se doit de célébrer, mon garçon, quand il nous tombe dessus, et avant de se mordre les doigts quand il nous abandonne, pour mieux, je te le promets, revenir. Si on comprend encore une fois qu'il dépend d'abord de chacun.

Le bonheur, c'est le B de boomerang.

Tu verras.

Au ralenti sur la route, je nous imagine avec elle à l'avant. Florence est à l'économie de mots, elle aussi. Florence découpe notre non-dialogue par sa seule présence. C'est le principe des familles harmonieuses de faire sens quand elles sont ensemble et d'être capables de se taire pour tout dire. Parfois, l'amour est une langue de signes. Tu ne nous as jamais posé la question, et nous ne te l'avons jamais raconté, mais ta mère et moi, nous ne nous sommes jamais rencontrés, nous nous sommes toujours connus.

Quand elle est partie, elle est restée dans mon cœur. Je vais te faire une confidence : même si j'ai appris à vivre sans elle, et même à être heureux enfin, elle n'en sortira jamais.

Carla non plus.

Quand je serai mort, je me souviendrai sûrement de ces deux cœurs qui m'ont aidé à vivre ma vie de vivant, le premier et le dernier amour. Carla et ta mère. Mes deux parenthèses enchantées. Entre les deux, je n'ai pas connu de femmes dont je me souviendrai toujours, après elles. Je n'ai plus vraiment de place à l'intérieur de moi, c'est beaucoup trop étroit pour une autre.

J'ai eu de pâles aventures depuis, d'autres filles ont croisé ma route, mais aucune n'est restée gravée sur mon chemin.

J'ai appris à accepter.

Au ralenti sur le siège passager, Florence nous envahit.

Le rire de ta mère, c'est quelque chose.

Le rire de ta mère est une vague.

Le rire de ta mère est un arc-en-ciel après une pluie diluvienne.

Le rire de ta mère est une chance.

Le rire de ta mère est la foudre.

Ma mère, elle, ne riait jamais, elle souriait toujours en cachette.

Assise à côté de mon père, cachée derrière ses verres fumés, elle fixait la route sans un mot, comme on se fige devant un écran pour observer sa vie défiler.

Ma mère est restée toute sa vie prisonnière de son insurrection et de ses démons.

J'aurais pu faire pareil, mais j'ai choisi une autre option.

Un souffle chaud me caresse la joue. Je respire l'odeur de Carla à présent.

La trace de mon amour d'enfance est un tatouage indélébile sur mon âme d'adulte. Je perçois un son ; il devient de plus en plus clair. J'ouvre la fenêtre pour l'entendre un peu mieux. Son écho vient de l'extérieur. De cette nature camouflée autour de l'autoroute, sur ces terres immenses que plus personne ne regarde en traçant la route. Ces terrains protégés au loin par le rempart des forêts. Ces terrains vidés de la vie. Ces terres agricoles que plus personne ne foule.

Moineau sur un fil électrique, la voix de Carla vient se poser sur mon épaule.

— Je trouve que tu vieillis bien, Vincent. Quand je repense à l'adolescent effrayant que tu as pu être… Je suis heureuse pour toi que la vie soit passée par là pour te transformer. Tu n'as plus l'air aussi taré que lorsque tu avais l'âge de ton fils. Il est vraiment magnifique, ton garçon. Quelque chose me dit que tu aimes toujours sa mère, que le départ de Florence t'a profondément blessé. Pareil pour ma disparition. Les femmes qui partent sont des portes qui ne se referment jamais dans le cœur des hommes. Mais une femme qui s'en va ne revient jamais. C'est la loi. Ça me fait plaisir de te revoir, après tant d'années. Je n'ai pas le temps de te raconter ma vie, la maladie. Je pense souvent à toi, où je suis. Tu sais, tu as beaucoup compté pour moi. Je pense souvent à ce petit matin. Aux pommes de pin contre les carreaux. Tu vois, tu n'as pas raté grand-chose. Profite de la vie et de ton fils. Te voilà prêt.

10

Les lumières de la piscine s'éteignent. Je nage seul dans le noir, guidé encore une fois par la voix d'Eden. Mon moniteur a choisi de se tenir à distance. Il ne me surveille plus du bord. Je n'ai presque plus besoin d'un garde du corps le long de la ligne. J'avance dégagé de toute appréhension, porté par une lumière intérieure ; sous l'eau, les paysages défilent en bleu de printemps. Quelque chose en moi renaît. Une énergie nouvelle m'envahit ; je me surprends à sourire devant le spectacle.

Eden s'éloigne encore un peu, mais sa voix porte encore.

— Il y a trois solutions devant un problème : l'accepter, le laisser ou le résoudre. Oublie ce qui t'a blessé hier, mais n'oublie pas ceux qui t'aiment chaque jour. Oublie le passé qui t'a fait mal et concentre-toi sur ce qui te fait sourire. Oublie la douleur mais pas les leçons que tu en as tirées. Tu nages presque, Vincent.

Eden, au bord du bassin, m'encourage. Mon corps tendu fend l'eau, j'accélère sans la moindre erreur, je respire enfin correctement, bercé par les mantras de mon moniteur.

— Champion, tu sembles avoir enfin intégré le secret d'une bonne nage. La première règle de la gentillesse est d'être gentil avec soi. Tu n'auras bientôt plus besoin de moi. Tu seras demain capable d'aller te baigner dans la mer. Tu seras capable d'affronter l'océan. Et d'emmener ton fils avec toi dans les vagues. Tu vois la lumière du phare au loin ? Rejoins-la à ton rythme. Garde toujours ton cap et ouvre ton cœur, Vincent. Ouvre ton cœur.

Tout devient clair.

11

Parce que je suis d'un naturel distrait. Parce que je pense à un milliard de choses en conduisant. Parce que j'encaisse le décalage horaire et que tant de fantômes m'accompagnent. J'ai failli rater cette sortie et, au dernier moment, un autre coup de volant a réveillé Marcus. Je me suis montré rassurant en pointant du doigt le panneau de la station-service.

— On va faire un arrêt au stand, mon garçon. Le temps de changer cette foutue roue de secours. On mettra le turbo pour les derniers kilomètres.

Et Marcus a refermé les yeux.

Le routier avait raison, cette station est un phare dans la nuit. Un repaire de vivants sur une route déserte. Un peu d'espoir. Une femme sans âge m'a indiqué l'entrée de l'atelier et m'a fait signe de stationner devant sans couper le moteur. Un jeune type chaleureux s'est penché à la fenêtre avec une lampe frontale et m'a demandé en m'aveuglant où est-ce que j'avais crevé. Je le lui ai indiqué en tendant le bras vers l'avant. Il a haussé les épaules, et a souri, l'air consterné, en me faisant signe de sortir. J'ai réveillé Marcus et nous lui avons laissé la voiture avant de prendre la direction de la cafétéria.

L'endroit était dominé par le beige et l'orange, propre et presque désert. Trois chauffeurs devisaient à l'heure de la pause autour d'une table, un gobelet de café à la main. Rien ne semblait les atteindre et encore moins les presser. Les rayons du self n'étaient plus garnis. Un homme de ménage astiquait, un grand miroir renvoyait dans le vide nos visages pâles et nos traits tirés.

Il nous restait tout au plus un morceau d'autoroute avant de sortir du circuit et d'entamer les départementales de cette Camargue que Florence aime tant. Marcus ne voulait rien boire. Juste pouvoir s'asseoir et étendre sa jambe, accoudé à ses béquilles. Je me suis commandé un café, et devant la machine, tandis que le liquide noirâtre coulait dans mon gobelet, j'ai vu se refléter le visage de sa mère.

Une tête de Madone, index sur la bouche, Florence me fixait. Elle a enchaîné les grimaces à toute vitesse en pointant son index vers moi et après sa mascarade son visage s'est volatilisé.

Je me suis retourné vers Marcus ; lui était bien réel, immobile, encore penché sur son téléphone.

J'ai failli en recracher mon café quand la voix de Florence est sortie de sa bouche, et que je l'ai entendu marmonner :

— On n'est pas bien, là, tous les trois ?

— Florence ?

— Ne crie pas, Vincent, tu vas réveiller le petit.

— Mais…

— Mais quoi ?

— Marcus n'est plus petit, et c'est quoi, ce délire ?

— Une mise au point, chéri, juste une mise au point. Entre adultes, tu veux bien ?

— De quoi parles-tu ? Où es-tu ?

Et puis mon ex-femme m'a ordonné de m'asseoir et de la fermer. J'ai obtempéré sans broncher et tout s'est précipité. Deux ans de mutisme sont devenus un grand monologue. Florence a vidé son sac et refait l'histoire, notre histoire. Elle m'a raconté notre rencontre, elle m'a raconté notre amour, elle m'a raconté la foi, l'espérance et la joie et comment le feu s'est éteint à cause de nous, un jour de Pâques ou peut-être bien avant, un million d'années, sans qu'on se rende compte, parce que la vie est une garce lorsqu'on oublie d'être vigilant. Elle a parlé calmement, et s'est reprise plusieurs fois pour m'avouer sa version des faits. L'amour est un rouleau compresseur si fragile qui tient à pas grand-chose, un œil sur le monde, un point fixe, une chaleur, l'odeur de la peau collée sur le dos de l'autre quand il s'endort en sécurité à la nuit tombée, des bras qui vous enlacent, de menus détails, un cheveu sur une veste, un parfum sur un cœur entrouvert, un rayon de soleil en hiver, le désir de l'autre, une attention.

Eh oui, tout cela s'est perdu dans le foutoir de nos vies agitées, la hiérarchisation de nos priorités, et oui nous avons divergé bien avant de nous séparer, nous nous sommes laissé envahir, et nous nous sommes perdus de vue quand nous avons oublié de rire, quand nous sommes devenus si sérieux, si graves, si obligés, si dépendants, si tranquilles, si amorphes, sans plus aucune imagination pour renouveler nos visas, le droit d'habiter la terre de l'autre.

Nous sommes morts dans un funeste esprit de sérieux, je suis devenu chiant, je suis devenu ennuyeux, j'ai oublié de la faire rire, j'ai oublié de prendre du recul, et elle aussi. Et nous avons creusé notre tombe, et nous avons mordu la poussière. Lentement mais sûrement, nous avons fait le lit de la tristesse et de la mélancolie, nos vies passaient et il ne se passait plus rien dans notre vie. Point final.

— Oui, Vincent, tout est parti de là. Du jour où nous avons oublié d'être amis, et de rire. Tout a basculé entre nous quand, à court d'imagination, nous nous sommes mis à cohabiter, que tu es apparu à la manière dont terminent les hommes au bras de leur femme trop souvent, en habit de colocataire, soucieux, péremptoire ou mutique, recouvert d'une couche épaisse et grasse d'habitude et de conformisme !

J'ai oublié de la regarder, j'ai oublié de me déclarer, de lui dire mes sentiments, je me suis tu, et du jour de ma résignation, de l'heure du début du *motus* sur notre agenda, Florence a perdu la foi en notre union, et est allée voir là-bas si j'y étais, dans les bras d'un autre en moins bien.

Florence a donné son corps à la science des mains d'un autre, mais il n'a jamais eu accès au trésor. Elle s'en est voulu de ne pas avoir résisté à l'aventure. Mais comment refuser l'aventure quand on est dans la vie ? Comment ne pas tomber en adoration devant certains veaux d'or en trompe-l'œil si bien faits lorsqu'on ne vit plus qu'au bord d'une rivière desséchée ? Nous avons échoué par esprit de sérieux. Nous avons fait de la vie à deux un scénario catastrophe, un film d'épouvante, une série Z et puis la guerre des roses, le conflit de la médiocrité a achevé l'extinction de notre espèce. Nous avons même oublié de nous dire merci.

Ce n'est quand même pas compliqué de ne pas se rater dans la vie. Il suffit de se souvenir de rire ensemble pour s'aimer presque pour toujours. De rire et de parler, parler et rire pour ne pas mourir. Les mille et une nuits.

— Le rire et le dialogue sont les deux piliers de l'espérance, il n'en faut pas beaucoup plus pour traverser la vie à deux.

C'est à cause de tout ça que nous avons échoué.

Nous aurions dû faire preuve d'un peu d'imagination.

Oublier, comme dirait Eden au bord du bassin.

Oublier tout ce qui nous alourdit.

— Tu sais, Vincent, que je t'aimerai pour la vie, malgré tout. Et toute la vie, c'est long, surtout quand le ciel est si noir. Je ne nous pardonnerai jamais de nous être oubliés. Aucun autre que toi ne saura qui je suis. Te souviens-tu seulement du poème de Robert Desnos que tu m'as récité si souvent au début, et puis plus :

Jamais d'autre que toi en dépit des étoiles et des solitudes
En dépit des mutilations d'arbres à la tombée de la nuit
Jamais d'autre que toi ne poursuivra son chemin qui est le mien
Plus tu t'éloignes et plus ton ombre s'agrandit
Jamais d'autre que toi ne saluera la mer à l'aube
quand fatigué d'errer moi sorti des forêts ténébreuses
et des buissons d'orties je marcherai vers l'écume.

Tu vois, Vincent, la vie est un poème de Robert Desnos. Sinon, c'est du gâchis, c'est peine perdue, ça ne sert à rien d'être au monde.

Le problème, c'est qu'on oublie les fondamentaux. *Avec le temps*… Je hais cette chanson de Ferré. Je préfère la mémoire, Vincent, la mémoire, la beauté, et encore une fois, le rire. Nous avons négligé la joie. Transmets cette fable à ton fils, apprends-lui notre poésie. Enfin, celle qu'on a su se réciter quand il était enfant. Pour une fois, ne nous oublie pas. Et surtout : bon voyage.

12

J'aurais besoin de quelques longueurs pour me remettre les idées en place et évacuer cette fatigue que je traîne tel un poids mort. Ne pas m'endormir, je ne dois pas m'endormir. Je pourrais m'arrêter de nouveau sur une aire de repos. Mais nous n'avons plus le temps et j'ai hâte d'arriver.

Brûler les pauses. Tout donner.

Rouler et rouler encore, la meilleure option.

Plus un camion pour nous tenir compagnie. Cette fois, nous sommes seuls sur l'autoroute, les deux derniers survivants de ce noir sans lune.

Je veux regarder mon fils, profiter de sa présence, être avec lui autrement que moi derrière un volant et lui caché derrière son maudit téléphone. J'ai hâte de nous deux dans cette maison.

Est-ce qu'il se souvient des quelques fois où nous y sommes allés tous les trois ? Il était si jeune. Dans ce mas posé à la sortie du village, dans ce carré de pierres au bout de la route bordée de pins parasols, ses cris d'enfant se perdaient dans les champs d'oliviers. La nuit parfois des aboiements de chien me réveillaient. Je n'ai jamais su d'où ils arrivaient : du fond d'un champ, ou des taillis de mes rêves, mais ce chien revenait me visiter.

Florence ne l'entendait jamais ; dans sa maison, ma femme dormait sur ses deux oreilles.

Nous n'avons pas eu les mêmes fondations. Son père lui a toujours parlé, sa mère ne s'est pas suicidée. Ses parents ont vécu presque heureux. Ce n'est pas rien, ce genre de détails. Florence a mieux que grandi pendant son enfance, elle a prospéré, puis Florence est tombée sur moi.

Quand nous allions là-bas, c'était déjà l'été. Dans le cœur aride de juillet, bercé par le chant des cigales, je veillais sur elle, elle sur toi.

Dehors, la nuit ne savait plus où ranger ses parures de diamants et bavait ses étoiles en crânant.

C'est à mon tour de veiller sur toi, et sur la route rien ne me fera renoncer à cette mission. Ni ce sommeil qui me gagne, ni la peur qui me troue toujours l'estomac.

J'ai besoin d'un bain de chlore, de quelques longueurs pour m'étirer. D'entendre Eden et ses recommandations. J'envie son sourire enjôleur qui engueule avec force et encourage, j'envie sa bienveillance, celle qui ramène à la vie et a sauvé la mienne.

Je l'entends déjà me répondre :

— Personne ne peut nager à ta place. Personne ne peut te combler, dans l'eau, tu es irremplaçable, Vincent !

Et dans la vie ?

— C'est la même chose, mon garçon. Personne ne peut combler ton vide ni vivre à ta place.

Quelle heure est-il au Canada ?

Je voudrais parler à Eden et le mettre sur haut-parleur. Je voudrais que Marcus entende la voix de mon professeur de natation ; il lèverait, j'en suis certain, enfin son nez de son téléphone.

Il comprendrait.

Et je pourrais lui avouer que la voix d'Eden fut ma corde de vie quand j'étais dans l'eau et que je me débattais. Elle s'est éloignée, je peux désormais presque m'en passer.

Il m'en a fallu, du temps, mon garçon.

Est-ce que sa mère lui a mis un maillot de bain dans sa valise ?

On en trouvera un quand on ira faire les courses. On prendra du vin aussi et quelques bières pour trinquer entre hommes.

On pourrait aller à la piscine à défaut de se baigner dans la mer. Ce n'est pas la saison des bains de mer, mais celle des réconciliations. L'eau sera bonne pour mon dos et fera du bien à sa jambe.

Je nous y vois déjà.

Mon garçon, on appellera ta mère quand nous aurons franchi le portail.

Enfin, tu l'appelleras pour la rassurer, et j'écouterai d'une oreille distraite la conversation en déchargeant le coffre. Prendra-t-elle de mes nouvelles aussi ?

Quand nous serons installés dans la maison, pieds nus sur le carrelage frais, nous ferons du feu pour nous réchauffer, et nous partirons en balade. On ira voir la Camargue de plus près.

Depuis toutes ces années, quelques images persistent et signent.

Le soleil mordra peut-être déjà la poussière. Il adore ça, le soleil, sur cette terre, débarquer en bombant le torse en toute saison.

On ira voir les flamants roses marcher sur l'eau. Et les marais sauvages. On observera à la jumelle les parades d'oiseaux rares.

Je te prendrai en photo et tu refuseras de poser.

Je te photographierai en cachette.

Et je te sourirai.

On s'arrêtera aux Saintes-Maries-de-la-Mer. On prendra le temps de visiter la station balnéaire, de se perdre dans les ruelles sans âme hors saison et on entrera dans l'église que ta mère aime tant. On ira s'asseoir sur un banc et saluer la Vierge noire, sainte Sara, la patronne des Gitans et des voyageurs. On l'implorera de nous venir en aide.

En aide pour quoi ?

On verra.

La plage sera presque vide ; seuls quelques promeneurs solitaires et cyclistes courageux profiteront de cette journée d'automne. J'inspirerai et soufflerai profondément, pour tenter de retrouver un calme intérieur, et on se rapprochera de l'eau pour crier un grand coup.

Protégés par le vent, personne ne pourra nous entendre hurler vers l'horizon.

Toi, le prénom de Lisa, Lisa les yeux verts. Tu n'as pas voulu mourir pour elle, seulement faire ton intéressant. Nous le savons, toi et moi. On fait ce genre de chose quand on s'essaye à vivre, moins quand on vit vraiment.

Je t'aiderai à la sortir de ta bouche, tu m'aideras à sortir le prénom de ta mère et l'écho de celui de Carla me reviendra peut-être. Tu la sortiras enfin de ton cœur, comme Carla s'est retirée du mien le jour de la mort de Lino Ventura pour revenir s'y planter à jamais.

Nous les sortirons de nos cœurs et elles y rentreront de nouveau, ça ne se termine jamais, ces choses-là. Il y a toujours une place pour les fantômes à la table des négociations. L'amour est un éternel recommencement. Quand on pense à sa fin, c'est là qu'il se rembobine. L'amour débute par un feu aux joues et termine par un feu mal éteint qui couve toute la vie, si on néglige les règles du jeu.

Il nous embrase par surprise quand on s'imagine à l'abri. Ne le cherche pas, mon garçon, c'est le meilleur moyen de le perdre, et de se tuer vraiment.

Sur cette plage, tu t'appuieras sur mon épaule, ou je te porterai sur mon dos.

J'aurai trouvé cette force dont je suis né dépourvu.

Et nous nous parlerons enfin.

13

Nous y voilà ; la maison déshabillée de sa glycine n'est plus qu'à quelques mètres, nous allons franchir le portail. Marcus n'est plus sur son maudit téléphone. Il me fixe dans le rétroviseur. Dehors, au loin, l'aube prend son temps, une lueur se dessine lentement, j'avance au ralenti. La nuit a ce pouvoir : elle nous pousse à chuchoter.

Je coupe le moteur.

J'ouvre la portière. Un prince sort de la voiture. Son téléphone tombe de sa poche.

Je le ramasse dans l'herbe mouillée.

Marcus a mis cette photo sur son fond d'écran. Une photo de nous deux ensemble quelques jours après sa naissance.

Un cliché en noir et blanc qui dit l'amour d'un père à son fils. Dans mes bras, mon petit garçon fixe l'objectif.

C'est Florence qui a pris la photo.

Je me souviens exactement où nous étions.

De la taille de notre espérance, de la puissance de notre amour, de la force de notre lien.

Nous trois.

Elle était posée dans un cadre dans l'entrée de notre ancien appartement.

Devant la porte de la maison, je sors les clés de ma poche. Marcus me sourit et s'approche.

— Papa… Je ne pensais pas ce que je t'ai dit tout à l'heure. Merci d'être venu me chercher. Merci d'être là pour moi. Depuis le temps que je t'attends. J'ai mille et une choses à te raconter. J'ai rencontré une fille, tu sais. Je ne suis pas seulement tombé de mon scooter. Je suis tombé amoureux aussi. Aimer, ça tue !

Je m'approche de mon fils et le serre dans mes bras.

Fort. Très fort.

Je lui tends son téléphone.

Il va pouvoir appeler sa mère pour la rassurer.

Nous sommes enfin arrivés.

Table

NORD COMPO
multimédia

Composition et mise en pages
Nord Compo à Villeneuve-d'Ascq

CET OUVRAGE
A ÉTÉ ACHEVÉ D'IMPRIMER
SUR ROTO-PAGE
PAR L'IMPRIMERIE FLOCH
À MAYENNE EN NOVEMBRE 2020

N° d'édition : L.01EL IN000556.N001. N° d'impression : 97125
Dépôt légal : janvier 2021
Imprimé en France